婚約者を想うのをやめました

登場人物紹介
Characters
ランドン
アスカリオ帝国の皇太子。幼い頃からの婚約者であるジョージアナを差し置いて、多くの令嬢たちと時間を共に過ごしていたが——？
ジョージアナ
クロローム公爵家の令嬢。皇太子の婚約者として厳しく育てられていた。「愛し愛される夫婦」になることを願っていたが——？

ミランダ
ジョージアナの学友である令嬢。
はっきりとした性格で口が達者。
クレア
ジョージアナの学友である令嬢。
おとなしい性格で、人のことを
よく観察している。
エドワード
ランドルの側近を務めている
スペード家の子息。
ジョージアナに対し、秘めた
恋心を抱いている。

第一章　宣言

幼い頃は、あんなにも仲が良かったのに……

そう思ってしまってからである。自分の感情が、置き去りにされてゆくような感覚になったのは。束の間の安逸《あんいつ》を貪ることとさえ許されない世界で、愛やら運命やらなにやらを謳《うた》うのは滑稽だと嗤《わら》う者もいるが、私はそれが永遠であり確固たる約束だと信じて疑わなかった。

（けれど、もう終わりかしら）

だって、彼は私を見つけてはくれない。私はどれだけ距離が離れていても、どれだけ彼が落ちぶれても、みっともなくなっても、見つける自信、愛する自信があったのに。

観念の臍《ほぞ》を固める、その時が来たのだと悟った。

◇◇◇

アスカリオ帝国は、この世に生きている者ならば誰もが知っているであろう国の一つである。アスカリオ語は万国共通語と指定され、千紫万紅《せんしばんこう》に彩られた帝都立公園は観光場所としても名を馳せているなどアスカリオの並外れた影響力が窺える。

そんな帝国で、我がクロローム家は公爵に叙されていた。帝国では公爵位は三家しか名乗ることが許されておらず、そのことからも畏敬《いけい》するに値する家柄であると言える。それだけではなく、皇族に次ぐ権力を有し、歴史ある名家であることから、他の貴族から一目置かれているのも無理からぬことであった。

そのような家で長女として生を受けた私は、皇太子殿下と同い年であるということが災いし厳しく育てられた。家柄や権力等の釣り合いが取れるという理由で、皇太子殿下の婚約者として白羽の矢が立ってからは、一層熱の入る教育に一種の諦めさえ抱いていた。

毎日、侍女たちによって手入れが行き届いた金色の髪に、吹き出物一つない白い肌。コルセット知らずの細い腰を維持するため食事管理は徹底されている。

美しく、賢く、お淑《しと》やかな第一皇子殿下の婚約者、ジョージアナ公女。私はクロローム家が思い描いた美しい人形《マリオネット》として生きていかなければならなかったのである。そんな贅沢で優雅だが、窮屈で厳しい生活に虚しさを感じていた時である。私よりも濃く美しい金髪と、禍々《まがまが》しいなにかが蠢《うごめ》く妖艶《ようえん》な紅い瞳をお持ちのランドン殿下にお会いしたのは。

出会った時は殿下に特別な感情は抱かなかった。殿下の幼いながらも完成された美貌には確かに驚いたが、それよりも蜜を湛える花に集る蜂の如く彼に群がっている令嬢たちに、かなり引いてしまったことを覚えている。人気のない殿方も大変そうだが、魅力的過ぎるというのも考え物だ。

殿下も殿下で大変だと同情を覚えたぐらいであった。

——興味が生まれたのはいつだっただろうか……

「失礼します、殿下」

生徒会役員とその関係者のみが使用を許可されている部屋の重々しい木製の扉を開くと、そこには椅子に座り、なにやら書類を読んでおられる殿下がいらっしゃった。宮中では皇太子として、学園では生徒会長として忙殺《ぼうさつ》されている殿下の顔色は、心なしかあまりよろしくないように見える。

「ジョージアナじゃないか。どうしたんだい、こんな時間に」

優し気な微笑を浮かべ、甘い蜂蜜のような声色で問うてくる殿下。

そんな彼を見て、脳裏に過るのは殿下との眩《まぶ》しく初々しくも、素敵な記憶であった。

隠れん坊という遊びの楽しさを教えてくださったことや、効率の良い勉強の仕方を教えてくださったこと。学園に通うことが少し緊張すると零した私に、僕がいるから大丈夫だと仰って、安心させてくださったこと。

全てが現実で起こったのことなのに、夢の世界で起こった出来事のようだと意識の底で悲しんだ。

殿下は、学園に入学してから徐々に、しかし確実に、私を避けるようになった。そして、まるで初恋に溺れ愛に縛られる私を嘲笑うように、殿下は私ではない令嬢を自身のお隣に置くようになったのである。

（今でも覚えているわ）

あの時の、目の前が暗い闇に染まるような絶望。魂が引き裂かれるような痛みに、呼吸の仕方さえ奪うような混乱。

全幅の信頼を置いていた相手に裏切られるという感覚は、想像を絶するものであった。

（それでも、嫌いになんてなれなくて）

私はこうして二年という月日が経った今でも、殿下の心を惨めにも、愚かにも、渇望《かつぼう》しているのである。

（私の望みは、たった一つだけなのに）

――選ばれた令嬢と選ばれなかった私、一体なにが違うのか……

雁字搦《がんじがら》めになった感情が私の心を再び縛ろうと、蛇のように絡みつく。その鎖から逃れるように、私は固く拳を握り、ふうっと息を吐いた。

（でも、これ以上、縋《すが》りついては駄目よ）

道を踏み外す前に、殿下に取り返しがつかないほど嫌われる前に……。自身の感情と決別しなくてはならない。その時が、来てしまったのだから。

「私は殿下のことをお慕い申し上げておりました」

突然の告白に、殿下は目を丸くして私を見つめる。私はそんな殿下を様々な感情を込めて見つめながら、努めて厳《おごそ》かな声で続けた。

「たとえ、殿下が皇太子ではなくただの男性になっても、その麗しいお顔が爛《ただ》れても、足がなくなっても、変わらず愛を捧げられると自負しておりました」

「……ジョージアナ、あのことをまだ怒っているのかい？　それについては謝るよ」

「いいえ、違いますわ」

間髪入れずに否定した。あのこととはおそらく、昨日、身分の低い令嬢と共にいたことだろう。

心の生傷がずきりと疼く。痛いと、辛いと、酷いと悲痛な声を上げる。私はそんな感情を敢えて見て見ぬ振りをした。ここで苦言を呈せば、縋《すが》れば、また同じことを繰り返すことになると分かっているからだ
もう殿下を捨てると決めた。

もう気にかけないと、己の恋心から殿下を解放して差し上げると、覚悟を決めたのだ。

私は凛とした声音で一言一言噛みしめるように、申し上げた。

「殿下のことを愛していました、ですがそれをやめます。今まで、殿下の女性関係について口出しをして申し訳ございませんでした」

「……もしかして、別の方法で僕の気を引こうとしているの？」

胡乱《うろん》げな感じに聞かれ、私は再び「いいえ」と否定した。

「今、この時より殿下への一切の干渉をやめると宣言させていただいているのです」

「そうなんだ。……でも、その宣言、わざわざする必要はあるかい？」

冷淡で突き放すような言い方である。実際、突き放すつもりで仰っているのだろう。

年月を経ると共に人は変わる。移ろいゆく心を止めることはできない。

(どうしてそのことに早く気づかなかったのか)

愚か者は一体誰なのか、分からなくなる。

「これは私自身への宣言でもありましたので。貴重なお時間を奪ってしまい、申し訳ございませんでした。二日三日はまだ心の整理ができないかもしれませんので、伝達事項等は公爵家を通していただきますようお願いします。では、失礼します」

殿下がなにか仰ってくださるのではないか、という淡い期待はもうなかった。裏切られることがおそろしいからではなく、期待するだけ無駄であると悟っていたからである。

私は殿下に深くお辞儀をすると、未練や恋情といったままならぬ感情を全て断ち切る思いで、お部屋から静かに退室した。

その日の空は、薄暗くどんよりと曇っており、快晴ではないあたりが実に私らしいと、自嘲《じちょう》の笑みをひっそりと零した。

◇　◇　◇

殿下に「もう愛するのをやめます」と宣言してからも、やはり私の心持ちは良好とは言えなかった。

殿下の女性関係は相変わらず華麗なままで、私の胸には嫉妬と絶望という汚い感情ばかりが残されてゆく。

厳格な父に婚約の解消を願っても、家名を重んじる母に泣き縋《すが》っても、どうにもならない。

(やはり、正解だったのよ……)

見知らぬ令嬢たちと一緒にいらっしゃる殿下を見かけて、私は無慈悲で残酷な現実から目を背けるように、私の心を奪うだけ奪って苦しめる殿下から逃げるように、その光景から目を逸らした。

いつもならば、心の中で芽生えた感情のまま殿下を問い詰めて苦言を呈したあと、屋敷に戻って悲劇の主人公の如く泣いていたことだろう。

だが、もうそのようなことはできない。

干渉しないと、愛するのをやめたと申し上げたのだ。賽《さい》は投げられた、後戻りはできない。

——温かく甘く、私を苛《さいな》んできた恋情とお別れするとは、こういうことなのである。

私は友人のクレア様とミランダ様の元へと向かいながら、やはりあの宣言はお互いのためにも必要だったのだと改めて実感した。

◇　◇　◇

あれから七日という、長くも短い月日が流れたある日のことである。昼休みに、友達と三人で学園の中庭にある露台《テラス》で昼餉《ひるげ》をとっていると、露台《テラス》から少し離れた場所を殿下と下級貴族令嬢が並んで歩いて行くのが見えた。

私は気にせず食事を進めたが、事情を知らぬ二人は違ったようだ。

「まあ、またですわ」

「なんてはしたないのかしら」

「ジョージアナ様、少々お待ちになっていて。わたくし、文句を言いに行ってきますわ」

そう言ってぶんぶんと片腕を回し、殴る準備をしているミランダ様を私は「必要ないわ」と止めた。

そんな私を不思議そうに、どこか訝《いぶか》しむように見て来る二人の友人。無理もない、いつもの私なら苦笑を浮かべつつも止めようとはしなかっただろう。いつかは、私を見てくれるのではないか……という愚かな期待を抱いていたからである。

だが、今後一切干渉しないと約束したのだ。殿下への恋情を断ち切ると宣言し、物理的にも距離を置かなければ。

これがなにを意味するのか張本人である私が一番理解している。

「殿下は帝国の宝。宝を独り占めしようなんて傲慢《ごうまん》だったのよ」

「！　そんなっ、ジョージアナ様は殿下の婚約者ではありませんか。当然の権利ですわ」

もう一人の友人クレア様が驚いたように反論するが、私は静かに首を振った。

「いいえ、その権利は行使できないただの紙切れだって漸《ようや》く分かったの。私は所詮ただの婚約者、皇太子にとって都合の良い駒に過ぎない」

私は殿下の特別にはなれなかったと、静かに言葉を落とした。声から滲み出る感情は悔しさでも嘆きでも憤りでもなく、諦観《ていかん》であった。

「ジョージアナ様……」

勘の鋭い彼女たちのことである、殿下が私を愛することはないと気づいていたのだろう。ただ、無慈悲な現実から目を背け闇雲に愛を乞うていた私には言えなかっただけで。

「殿下は分からず屋ですね」

俯く私に、憤懣《ふんまん》やるかたないという表情でミランダ様が言った。

「他人に愛されるということがどれだけ尊いものか、ご存知ないのですわ。それが無限ではない、ということも」

「全くです」

クレア様はぷくうと頬を膨らませ、ミランダ様の言葉に同意したあと、ついでにとばかり「いつか殿下は痛い目にあわれますよ」と至極真面目な口調で不吉な予言をした。

「痛い目？　地獄の炎で炙《あぶ》られるとかかしら」

「殿下にとっては同じようなものでしょう」

なにやら真剣に皇太子の不吉な未来について語り合う二人を見て、不謹慎なことにも私はふふっと声に出して笑った。決して穏やかとは言い難い話題であったが、そんな二人が愛おしくて仕方なかったのである。

幼い頃から、殿下は私にとって太陽のような存在であった。太陽を中心にして、私の世界は回っていた。

（でも、今は違う）

私のために憤り、私のために真剣に物事を考え、私の覚悟や決意を汲み取ってくれる彼女たちに心がじんわりと温もりを帯びた。殿下によって容赦なく抉《えぐ》られた傷口が、癒えていくような感覚さえ覚える。

己にとってなにが大切なのか、なにが必要なものなのか。今度こそ冷静な判断力をもって吟味しなくてはならない。

そんなことを考えているとミランダ様が「そうだわ！」と弾んだ声で言った。

「いつまでもこのようなお話をするのはやめましょう。ジョージアナ様のなさったことは英断ですし、殿下には天誅《てんちゅう》が下ることでしょう。はい、以上です」

そう言い切ったあと、ミランダ様は私たちの手をぎゅっと握った。

「実はわたくし、前々からやってみたかったことがあるんです。ジョージアナ様、クレア様、気分転換も兼ねてよろしければお供願えませんか？」

そう言ってにやりと微笑んだミランダ様の笑顔は、悪戯っ子特有の笑みであった。

◆　◆　◆

ジョージアナの「もう愛するのをやめます」という宣言以降、僕は彼女がなにを覚悟してそのようなことを言ったのかなんて考えることもなく、自由を楽しんでいた。

下級令嬢たちと一緒にいても、苦言を呈されることも、涙声で縋《すが》られることもない。ジョージアナたちになにかを言われたと訴えて来る令嬢もいなくなり、解放感さえ覚える。数年ぶりに大空を自由に羽ばたける鳥のような、そんな感覚に近かった。

しかし、それが三日も続く頃には奇妙ななにかを感じていた。歯と歯の隙間になにかが挟まっているようなはっきりとしたものではなく、なにかを失ったような、なにかを忘れているような……なんとも形容し難いものであった。

五日目になる頃には、漸《ようや》くそれが違和感だと気づいた。

僕の隣に当たり前のようにいたジョージアナがいない。お茶を一緒にしないかと誘いにも来ない上、皇太子宮にも姿を見せることはない。

降り積もる違和感に恐怖と一抹の不安が加わったが、忙しいのだろう、気分ではなかったのだろうと結論付けることで、僕は気づかない振りを貫き通した。

――この時、きちんとジョージアナと向き合っていたら、救いようのない愚かな過ちに直ぐに気づけたことだろうに……

◇　◇　◇

（さっき、僕に気づいていたはずだ）

露台《テラス》で友達と昼餉《ひるげ》を楽しんでいたジョージアナを思い出しながら、苛立ちとも不安とも言える感情を誤魔化すように下唇を噛んだ。

目が合った時、ジョージアナになにかを言われるのではないかとおそれた。しかしそれと同じぐらい、なにかを言ってくれるのではないかと期待もしていた。

――なのに、彼女は文句を言いに来るどころかこちらを見て見ぬ振りをした……

令嬢たちが楽し気に笑いお喋りに夢中になっている姿を眺めながら、思考と胸を蝕《むしば》む得体の知れぬなにかを振り払おうと紅茶を飲んでいると、側にやってきた側近であるエドワードが「少しよろしいですか」と、粛々《しゅくしゅく》とした雰囲気を醸《かも》し出しながら僕に耳打ちをした。

「ジョージアナ公女が先程、ご友人であるミジュエット侯のご息女とアーガスト伯のご息女と共に早退なさったようです。体調がよろしくないとのこと」

「……早退？」

ジョージアナらしくない行動である。どれだけ体調が思わしくなくても、化粧と根性と矜持《きょうじ》でそれを隠し、後で寝込むことが常だったジョージアナが、少々の体調不良如きで午後の授業を抜けるとは思えない。それに午後の授業は僕のクラスと合同で実験をする科目がある。それを常々楽しみにしていたジョージアナが抜けるなんて……

そこまで考えて、はっとした。そういえばジョージアナは僕のことを愛するのをやめる、と言っていたなと唐突に思い出したのだ。

（いや、あれはただの作戦に決まっている）

なにしろ、僕が浮気紛《まが》いのことをしようものなら物凄い剣幕で怒る令嬢なのだ。彼女とて本気ではないはずである。

――本当に……？

「殿下ぁ？　どうなさいましたの？」

背中を剣の切っ先でなぞられているような、なんとも表現できぬ恐怖に暫《しば》し放心していると、なにも知らぬ令嬢が甘えた声で猫のように僕の腕にすり寄ってきた。僕はその拘束から逃れてから努めて何事もなかったかのように柔く微笑んだ。

「なんでもないよ。それより、クッキーでも食べるかい」

「殿下が食べさせてください～」

「どうしたの、今日はえらく甘えん坊だね？」

そんな風に令嬢と特に意味のない会話を繰り広げていると、側近がいつの間にかいなくなっていた。

(全く変わった人だ)

あの側近はきっとジョージアナに淡くも確かな恋心を抱いている。僕とジョージアナが話していると、必ずジョージアナに熱い視線を送っているのだから、ただの憶測ではないだろう。

だから、報告しなくてもいいことまで報告してくるのだ。

「あなたの婚約者は私がずっと見ている、あなたはそんなことをしている場合なのか」という、警告と牽制を兼ねて。

昔のようにジョージアナと仲良くしなくてもいいのか、と問われたら答えは「別に良い」だ。

ジョージアナは僕がどう足掻いたところで僕の将来の妃であり、未来の国母である。そこに好きだの嫌いだのという私情を挟むなんて愚の骨頂《こっちょう》。

でも、ジョージアナはそうではないようだった。愛という幻影に惑わされていた。

「皇太子という地位に相応しい言動を心がけるようお願いいたします」と言って諭したかと思えば、「私ではいけませんか」と言って僕に縋《すが》りつこうとする。

ジョージアナがいやなわけでも、特別嫌いなわけでもない。これは本心だ。むしろ、賢く美しい女性が婚約者で幸せ者だとさえ思っている。

だが、僕にとってそういう対象ではなかった。本当にそれだけなのである。

(例の宣言だって、気にすることもないだろう)

「殿下？　なにを考えていらっしゃるのですかー？」

「……ちょっとぼおっとしていただけだよ」

上目遣いでそんなことを訊いてくる令嬢に、僕は優しく微笑んだ。どこか作り物めいた笑顔である。

父である陛下は「胡散臭いからやめろ」と仰っていたが、この微笑一つで頑固な古狸《ふるだぬき》や癇癪《かんしゃく》持ちな貴婦人、純粋無垢な令嬢まで意のままに操れるのだ。利用しない手はないだろう。

勿論、例外はいる。

僕は令嬢の視線から逃れるように、喋りかけてきた別の令嬢の会話に耳を傾けながら、今頃、ジョージアナはどうしているのだろうかと考えた。

頑固で我慢強いジョージアナが早退するということは、それだけ体調が思わしくないということである。大したことがなければそれで良いのだが、病というのは気軽に人の命を弄《もてあそ》び、最終的には無慈悲にも奪っていくおそろしいものだ。

(放課後、お見舞いに行こう)

そう決めた僕は、愚かなことにも気づいていなかった。

——ジョージアナの「愛するのをやめます」という宣言が、未来永劫続くものであるということに。

◇　◇　◇

授業終了のベルが鳴ると、必ずジョージアナが「このあと、お茶でも如何ですか？」と赤薔薇《ばら》がぶわっと咲いたような満面の笑みを浮かべて誘ってくれる。

そんな彼女がいないという事実が、何故か胃を締め付けるような気持ちの悪さをもたらし、僕は早々に迎えの馬車に乗った。

「宮廷に戻られますか？」

待機していた側近に聞かれ、僕は迷わず答えた。

「いや、ジョージアナの屋敷に行く」

「え⁉　ジョージアナ公女のお屋敷にですか？」

「そうだけど。なにか問題でも？」

「いいえ。畏まりました」

側近がやや驚いたように了承したので、失礼だなと眉を寄せる。まさか、僕が婚約者の体調不良でさえ気にしない人間だとでも思っているのだろうか。

僕はなにもジョージアナを蛇蝎《だかつ》の如く嫌っているわけではない。ただ、婚約者《政治的パートナー》としてしか見ていないだけで、虐《しいた》げたいとかいじめたいとかそんな感情を抱いているわけではないのだ。

（僕はそんなにも薄情な婚約者に見えているのだろうか）

とある令嬢と遊んでいるのをジョージアナに知られた時、泣きも怒りもせず淡々と呆れたように僕を見ていた彼女の姿をふと思い出した。

『せめて、お相手を絞ってください。節操のない方だと悪評が立つのは殿下です』

（確かに僕は薄情なのかもしれない）

勝手に、彼女が僕に対する愛や恋なんかに現《うつつ》を抜かしているからそう言っているだけかと、妬《ねた》みや嫉《そね》みの類の感情のせいだと、思い込んでいたが。

「僕を思って言ってくれていた言葉もあったのだろうな」

「？　殿下？」

「見舞いに行くのに手ぶらっておかしいよね。近くの花屋とか、お菓子屋とかで、馬車を止めてくれないか。ジョージアナに見舞いの品を買うから」

相手は皇族さえ無暗に手を出せぬ公爵家の姫君。本来ならば希少かつ高価な花や、平民ではとても手が出せないようなお菓子が見舞いの品としては相応しいのだろう。

だが、なんとなくジョージアナにはどこにでもあるような花が似合うだろうと、そう思った。決して蔑視《さげすみ》んでいるわけではなく、彼女なら喜んでくれるだろうという温かな気持ちからだった。

「いらっしゃいませー、どんなお花をお求めですか？」

僕の服装を見て上客が来たと愛想の良い笑顔を浮かべつつも、しっかり秋波《しゅうは》も送ってくる強かな女店員に、皇太子然とした微笑で返しながら問うた。

「女性に贈りたいのだが、良い花はあるか？」

聡明で優雅な女性だと付け足すと、女店員はやや目を丸くしたあと、どこか楽しそうに飾られている花を見渡す。

「んー、でしたらデージーとかはどうでしょう。この通り、華やかな見た目ですし優雅な女性にぴったりですよ」

大輪の赤薔薇《ばら》姫と呼ばれているジョージアナには少々地味に思えたが、紅く色づいた艶やかな花は確かに彼女に似合うだろう。購入しようと控えていた側近に声をかけようとした時であった。

「あらまあ、奇遇ですね旦那様《殿下》。どこぞのご令嬢にでも贈るおつもりですの？」

軽蔑が見え隠れするどこか聞き覚えがある声がしたほうを見ると、そこには町娘の恰好をしながらも高貴さが隠しきれていないジョージアナと、その友人たちが様々な感情をこめてこちらを見ていた。

「！　ジョージアナ……」

「でん……旦那様、ごきげんよう。珍しいですね、旦那様自らお花を購入なさるなんて」

そう言ってふわっと穏やかに微笑んだジョージアナからは、嫉妬も憤怒《ふんぬ》もなにも感じられなかった。

そこにあるのは淡々とした凪いだ海のような感情で、極めて穏やかなものだった。

◆　◆　◆

まさか、ここで殿下に会うとは思っていなかったので私は驚きを隠せない。

私たちはミランダ様の「早退して、町娘の恰好で街をぶらぶら歩きませんか？」という魅力的かつ背徳感ある誘惑に負け、先程までお菓子を食べたり、雑貨を見たりと、ぶらり気儘《きまま》に歩いていた。

穏やかで優しいこの時間はとても楽しく、永遠に続けばいいのに、と思っていた矢先の出来事だったので、目の前の状況を上手く脳内で処理できない。

どうして、このような場所に殿下がいらっしゃるのだろうか。

素朴な疑問を抱くが、すぐに彼の手に一輪の花が咲いていることに気づく。

鮮血が無造作に塗られたようなデージーの色は、殿下の瞳の色とそっくりだ。

(デージーの花……？)

(女性に差し上げるための花を選んでいたのね)

と、納得してしまった。

「でん……旦那様、ごきげんよう。珍しいですね、旦那様自らお花を購入なさるなんて」

私もミランダ様と同じように殿下が皇太子であることを伏せて、話しかけた。護衛の騎士が側にいるといえど、ここは皇宮や学園ではなく町である。用心するに越したことはないだろう。

殿下は私の顔を見てわずかにたじろいだように瞳を揺らすが、それがなにを意味するのか分かる前に、彼は優しい皇子様の仮面をつけてしまった。

「ごきげんよう、ジョージアナ。クレアとミランダも本当に奇遇だね」

聡い殿下は私たちの意図に気づき、話を絶妙に合わせてくれる。

ここでお互いの身分を明かすのは得策ではないが、実に変な構図が仕上がったものだ。

「それにしてもおかしなことがあるものだ、僕は君たちは体調がよろしくない、と聞いていたのだが」

「それはもう治りましたので。早退ついでに、とここに参ったのです」

「そうなんだ、それは良かったよ」

しれっと笑顔で嘘をつく強かなミランダ様と、彼女の嘘を嘘と見抜いていらっしゃるだろうに微笑みながらも付き合う殿下。

私とクレア様はそんなお二人を黙って見つめた。

「だけど外で遊ぶのは感心しないな。ミランダの体が丈夫でも、ジョージアナもそうとは限らないだろう？」

「確かに配慮に欠けておりましたが、ジョージアナさ……ジョージアナは旦那様が思うほど弱くありませんことよ？」

「万が一ということもある」

（なんてこと……）

お互い、口角は上がっているのに目が笑っていない。

それがなんとも言い難い禍々《まがまが》しい雰囲気を醸《かも》し出しており、私はどうしたら良いか考えあぐねた。

女性の店員もデージーの花束を持ったまま成り行きをじっと見守っている。その目が輝いているように見えるのは、私の気のせいだろうか。

クレア様に至っては完全に別世界へと意識が行っており、関わりたくないという気持ちが良く伝わってきた。

そんな時に沈黙を貫いていた殿下の側近、エドワード様がやんわりと間に入ってくれた。

「旦那様、ご本人がいらしているのですから、ご本人が所望されるお花をお買い求めになられては如何でしょうか」

という、思ってもみない言葉だった。

「……本人？」

怪訝《けげん》な顔で問うと、殿下が少しばかり恥ずかしそうに教えてくださった。

「君が体調が悪いと早退したから心配で。お見舞いに行こうと思ったんだよ。そのために花を贈ろうと思って、花屋に立ち寄ったんだ」

「まあ、そうでしたの。それは、お手を煩《わずら》わせてしまい申し訳ございませんでした」

「いや、深刻な病ではなさそうで良かったよ」

「……お気遣いに感謝いたします」

私は軽く頭を下げたあと、淑女の笑みを貼り付け「しかし」と言葉を続けた。

「今後一切このようなことは不要です」

「……え」

なにを言われているのか本当に分からない、とばかりに困惑した面持ちで私を食い入るように見つめる殿下。優しい皇太子の仮面も、節操のない殿方の仮面も剥《は》がれ落ちており、殿下本人の素の心情を如実に表していた。

(まさか、断られるはずがないと思っていたのかしら)

断らずにいられたら、どれだけ良かったか。

私が殿下の厚意に素直に「嬉しい、素敵な花ですね」と申し上げることができていたら。そして、微笑む殿下に抱き着き、感謝の意を表せたら……

殿下の瞳の色を移したようなデージーを手に、彼の腕の中で微笑むことができたら。

どれだけ幸せなことか。

だが、賽《さい》は投げられた。

その事実を無視することはできないのである。

「……もしかして、デージーがいやだった？　それなら別の花……ペチュニアとかどうだい？　綺麗なジョージアナにはぴったりだよ」

私は美辞麗句《びじれいく》を微笑で躱した。

「私よりも、旦那様のお気に入りの女性たちに差し上げたら如何です？　きっと喜びますわ」

「……なに言って……」

呆ける殿下に、私は様々な感情をぐっと堪えて呟く。

「私はもう、いただきませんから」

「……え」

「それでは、旦那様。私たちは用事がありますす故、屋敷に戻らせていただきますね。お先に失礼いたします」

私はそう言ってお辞儀をすると、ミランダ様とクレア様と一緒に大通りまで歩いた。

沈黙を貫きながら歩くこと数分、やっと殿下の姿が見えなくなったあたりでまともな呼吸をすることができた。

「思わぬ遭遇でしたね……」

ミランダ様が木製の椅子に座りながら疲労を滲ませつつ言う。それに私とクレア様も倣いながら、同意した。

「本当に。神は悪戯好きだから」

「でも、ジョージアナ様とてもかっこよかったですわ。惚れてしまいそうでした」

「あら、嬉しいことを。クレア様が私のところにお嫁に来てくれたら一生可愛がるわ」

可愛らしく顔を赤らめているクレア様の頭をよしよしとすると、彼女は嬉しそうに「ジョージアナ様に撫でられている！」と呟いていた。愛らしいことである。

「それにしても、ジョージアナ様よくずばっと言えましたね。デージーの花、本当は欲しかったのでは？」

ミランダ様の鋭い言葉に、私はクレア様のふわふわの頭を撫でながら苦笑をもらす。

欲しかった。その花を貰う権利があるならば。それは言を俟《ま》たない素直な気持ちだが、その一方で欲しくはない、と思う自分も確かにいた。

(不思議ね)

恋は摩訶《まか》不思議である。終着点なんてないように見える感情だが、ある道に迷い込んでしまえばあっと言う間にそこまで辿り着けてしまう。

「殿下とはきっと素敵な夫婦になれるって思っていたわ」

「ジョージアナ様……」

「でも、夫婦って色々な形があると思わなくて？　なにも夫婦の間にあるのは恋愛感情だけではないわ。それに、私が過干渉をやめたことで殿下もきっと安堵なさっているでしょう」

「それはどうでしょう……」

ぽつりと、何事かを呟いたクレア様。

私はよく聞こえなかったので聞き返したが、彼女は柔らかく微笑むと「いいえ、なんでもありませんわ！」と言ってはぐらかすのだった。

◆　◆　◆

デージーの香が充満する執務室は心地よく、どこか切ない。

（買うつもりなんてなかったんだけどな）

気が付いた時には、店にある全てのデージーを買い占めていた。女店員の輝く目と溌剌《はつらつ》とした声、そして側近エドワードの「こいつ本気か」という視線を思い出し、はあっとため息をもらした。

陶器の花瓶にデージーを活けながら、ジョージアナならどのようにこの花を可愛がったのだろうかと、どうしようもないことを考えた。

エドワードも、ある程度の事情を知る学友たちも、触らぬ神に祟りなしとばかりになにも言ってこないが、ジョージアナは明らかに僕との関係を断とうとしている。

いつもなら、帰宅する時も。昼休みも。休日も。

「一緒にお茶をしましょう」「お時間があれば、一緒に勉強しませんか？」と声をかけてくる。

だが最近はそういった類の誘いは一切なく、それどころかジョージアナが他の令息と親しくしているところを目撃する、ということもあった。

側近がすぐさま「あの令息は伯爵令嬢《ミランダ》の婚約者です。ちなみに、伯爵令嬢もジョージアナ公女のお隣にいらっしゃいます」と誤解を解いてくれたが、胸が押しつぶされそうな痛みは消えてくれなかった。

(僕にこんな苦痛を味わう義務なんてないだろう)

そう思うが、僕には最近見せてくれないあの優美な笑顔をどこぞの令息には見せているのか、と考えるだけで、吐き気を催す痛みが心臓を駆け巡りとても仕事が手につかない日もあった。

(そういえば)

僕は一度だって、私的な場で他の男と二人きりで話しているジョージアナを見たことがないと、ふと思い出す。

「ジョージアナの配慮《優しさ》だったのかな」

誰もいない部屋で小さくそう呟きながら、メイドが淹れてくれた紅茶を口に含んだ。ジョージアナが美味しいからと言って僕にくれた茶葉を使ったと聞いたのだが、冷えているせいか、もらった当初は甘くて美味だと思った紅茶が、今はとても苦く渋みのある紅茶に思えた。

◇　◇　◇

「殿下!　こちらにいらしたのですね、ああ、会いたくてたまりませんでしたわ!」

友達と仲良く話しながら食堂に向かっていくジョージアナを、教室の窓からぼんやり眺めていると、とある令嬢が僕の机の前にある椅子に堂々と座った。

いつもならば無邪気だな、元気だな、と思うその行動。

だが、僕はその令嬢のことを「はしたない」と思った。そして、そんな感想を抱いた自分に驚きを隠せなかった。

(今、誰と比べて……)

愕然《がくぜん》として片手で口を覆っていると、その令嬢は不貞腐れたように唇を尖らせて僕を詰《なじ》る。

「んもう殿下ー。最近、全然相手をしてくださらないですね。私、寂しいですわ」

「色々忙しくてね」

「公女様のことでしょう？　喧嘩なさったたって専《もっぱ》らの噂ですよう」

「喧嘩か」

僕は頭の後ろをかきながら、それならどれほど良かっただろう、と思った。

喧嘩なら、謝れば済む話だ。喧嘩なら、喧嘩なら……

(でも、そうじゃない)

僕は再び窓からジョージアナの姿を見る。先程よりも遠くなったその姿は他の生徒たちがいるのにもかかわらず、一瞬で見つけることができた。

「宣言、いつ終わるのだろう」

最初はその宣言を聞いた時、正直有り難いと思った。

ジョージアナの愛情は深く温かい。まるで真綿で包み込まれるような安心感もあり、心地が良いのは確かである。だが、女性といるところを見つけると怒ってくる。婚約者なのだから当然と言われたらそれまでだが、あくまで僕たちは国にとって都合の良い駒でしかない。なのに、何故それほど苦しそうな表情で僕を怒るのかが分からなかった。

したがって、それがなくなるのは嬉しかった。解放されたとさえ思った。

(でも)

何故だろうか。今は呆れたように僕を咎《とが》めるジョージアナが、とてつもなく恋しく感じられた。

◆◆◆

「今日もいいのですか？　一か月近く、殿下の宮へと行っておりませんが」

侍女の質問に私は頷いた。

「ええ、今日も家でゆっくりするわ」

私は酸味と苦味がある檸檬《れもん》茶を飲みながら、今頃殿下は女性遊びでもなさっているのか、それとも公務に精を出しているのか、どちらなのだろうかと思いを馳せる。

いつもならば、皇宮で行われる妃教育の際には必ず殿下が住まう宮へと足を運んでいた。妃教育がなくても、ご多忙を極めていらっしゃる殿下に気に入った茶葉とお菓子を持って会いに行く日も少なくはなかった。畢竟《ひっきょう》するに、殿下に会えればそれだけで満足だったのである。

しかし、私は宣言以降殿下に自ら会いに行くことは一切やめた。

妃教育も修了したので、宮中に用もない。

お母様はこのことについて嘆いておられたが、別に妃にならないと申し上げたわけでもないので放っておいてほしいものである。苦痛に悶《もだ》えるのも、屈辱的な思いを味わうのも、お母様ではなく私なのだ。

婚約者に尽くすか尽くさないか、その決定権ぐらい当事者である私にあっていいだろう。

「お母様のお気持ちも分かるけれど」

――私だって、愛されたいの。

そんなことを考えながら長椅子に座り本を読んでいると、私の侍女たちが慌ただしく部屋に入ってきた。

普段は冷静沈着としており、並大抵のことでは感情を露わにしない子たちなのだが、珍しいこともあるものである。

そう思ったのも束の間、侍女の言葉に私は驚愕《きょうがく》した。

「で、殿下が！　皇太子殿下がいらっしゃいました！　お嬢様にお会いしたいと！」

◇　◇　◇

「……お待たせいたしました、殿下」

侍女総勢五人がかりで準備してもらったからか、それほど時間はかからなかった。とはいえ、客人は婚約者である皇太子殿下である。そんなお方を長くお待たせしてしまった、という罪悪感が私の脳内を支配していた。

そんな私の気持ちを悟ってか、殿下は苦笑を浮かべた。

「いや、なんの予告もなく来たのは僕の落ち度だから。すまない。それよりも、急ごしらえだったのにその衣装とても似合っているね」

「お褒めに与り光栄です」

私が着ている衣装は自分で選んで購入したもので、己の瞳の色と同じ薄緑色を基調とした衣装である。だから似合っているように見えるのだろう。

殿下は熱いなにかを瞳の中に棲まわせながら、やや掠れた色気ある甘い声で囁くように言う。

「今度は、僕が贈った衣装を着てほしいな」

「遠慮いたしますわ。他の令嬢と被ってしまったら恥ずかしいですもの」

考える時間も作らずきっぱり断ると、彼の美麗なご尊顔《そんがん》から血の気が引いていく。

「そんなこと有り得ない」

「あら、そうでしたか」

今となってはもはやどうでもいいことである。殿下が他の令嬢に花を渡そうが、綺麗な衣装を渡そうが、私はただの婚約者に過ぎないのだから。

（それに）

私は殿下からの贈りものをもう受け取らないと決めた。受け取ったら、再び筆舌《ひつぜつ》に尽くし難い苦痛を味わうのは目に見えている。貰えば、素直に喜びきっと期待してしまう。灼熱《しゃくねつ》の炎で心臓を炙《あぶ》られるような、辛酸《しんさん》を舐める日々などもう送りたくはない――

私は拳をぐっと握って、打ちひしがれたような表情をする殿下を見ながら徐《おもむろ》に問うた。

「なんの予告もなく屋敷を訪れることが無作法であるとご存知でしょう。ご来訪の理由をお伺いしてもよろしいでしょうか」

◆　◆　◆

久しぶりに見たジョージアナの綺羅《きら》を飾った姿は、得も言われぬ程美しく犯し難い威厳を醸《かも》し出していた。

特に、彼女の瞳の色に合わせて作られたような翡翠《ひすい》色の衣装は似合っている。瞳と同じ色であることがより一層神秘さを深めているように感じるのは気のせいだろうか。

だからこそ衣装を贈ろうと言った時に、にべもなく断られて絶望した。

（本当だよ、ジョージアナ）

僕は一度だって、ジョージアナ以外の女性に贈りものをしたことがない。

「なんの予告もなく屋敷を訪れることが無作法であるとご存知でしょう。ご来訪の理由をお伺いしてもよろしいでしょうか」

ぐっと奥歯を噛みしめていると、冷然とした態度でジョージアナが聞いてくる。そこにあからさまな非難や怒りの色はないものの、どこか咎《とが》めるような口調ではあった。

（前までだったらきっと、苦笑いしながらも許してくれていただろうな）

そんなことを思いながら、重い口を開いた。

「……公爵に聞いた。今年の夏は公爵領で過ごすと。今まで一緒に離宮で過ごしていたじゃないか。どうしてか、わけを聞いてもいいかい？」

学園には約二か月ほどの夏休みがある。その期間、毎年のように僕とジョージアナは皇族が管理する離宮で過ごしていたのだが、今年は彼女は公爵家が管理する別邸で過ごすと言う。

（もう、僕と過ごすのがいやになったの）

そんなことを考えていると、彼女はゆっくり顔をあげて僕を見て微笑んだ。

少し切なそうな艶やかな微笑であった。

◇　◇　◇

――遡ること数日前。

僕はいつものように、平静を装って仕事に没頭していた。

最近、ジョージアナがそっけない。宣言通りとはいえど、いくらなんでもそっけなさすぎる。

そのせいで仕事が手につかず今は、父親である陛下に「皇太子であるという自覚を持て」と窘《たしな》められたことで、無理やりジョージアナを脳内から追い出し、公務を行っている状態なのだ。

（ジョージアナ……）

彼女のことを考えながら廊下を歩いていると、偶然クロローム公爵《ジョージアナの父》に呼び止められた。

こんな時に呼び止められるなんて……と、戦々恐々としていたらやはり、案の定悪い知らせだった。

「殿下。今年の夏、娘は我が領地の別邸で過ごすようです。おそれ多くも娘が毎夏離宮に殿下の同伴者として伺っていたので、お伝えに参りました」

「……」

なんとなく、分かっていた。

皇族や貴族は蒸し暑い夏を快適に過ごすため、領地に別邸を置いて夏はそこで過ごす。勿論、公爵領にも立派な別邸があるが、ジョージアナは毎年僕と離宮で夏を過ごしていた。

他ならぬ彼女が毎年希望していたのである。

(でも……)

今年は誘いがなかった。

待った。いつものように待っていた。待って待って待って……

それでも、来なかった。

その上で公爵のこの言葉。

(それが意味するものって……)

ぞっとするなにかが背筋を駆け巡り、まるで首に短剣を突きつけられているような錯覚に陥った。

足元がぐらぐら揺れ、視界が歪み、呼吸が上手くできない。

――「殿下のことを愛していました。けれどそれをやめます」

ふと、あの時のジョージアナの覚悟や決意が込められた言葉が、脳内に嘲笑うように響き、僕は絶望の底に落ちたような心地がした。

「私は」

絶望を味わいながら茫然自失していると、公爵が済度《さいど》し難い男を見る目で僕を見ながら言った。

「立場上、娘の願いばかりを聞くわけには参りません。帝国の今後を思うなら、親の贔屓《ひいき》目を差し引いても、娘ほど皇后に相応しい人はいないでしょう。ですから、娘は殿下と結婚させます。このことに変わりはありません」

しかし、と続ける。

「娘が嫁ぐのは国であって、殿下ご自身ではありません。意味はお分かりでしょう」

「……！」

それは即ち、僕の地位と結婚させるのであって僕自身と結婚させるわけではない、ということである。

（僕が皇太子という身分でなければ）

ジョージアナは僕の妻にはならない、ということと同義であった。

（ジョージアナが、僕とは違う男と……？）

想像しただけで心臓を無遠慮に握られたような痛みが走り、視界が暗転しそうだ。

そんなみっともない僕を公爵はなんの感慨《かんがい》もこもらない目で一瞥《いちべつ》すると、一礼して去っていった。

……その日の夜、僕は子どもの頃の夢を見た。

無邪気で幼いジョージアナと、同じく幼い自分。登場人物はこの二人だけで、果てしない草原を二人でひたすら走り回る、という特に意味のない夢だった。

だが朝になって起きてみると、自分の頬には涙が流れていて、その涙に一驚《いっきょう》を喫《きっ》した。

そして、あの夢がなにを表していたのかに気づき、口から乾いた笑い声が勝手にもれた。

「最悪だ……」

あの夢は、僕とジョージアナの平穏な日々を、目覚めた時の涙はそれが永遠に失われたことを示していたのだ。

「失ってから気づくなんて」

ジョージアナの笑顔、関心、静寂《せいじゃく》を漂わせる森のような慈愛《じあい》に満ちた瞳。それと他ならぬ、ジョージアナの美しく高潔な心そのもの。

それと引き換えに得たものは、虚しさと終わりの見えない暗闇のような後悔のみ。

天使を見失い、神の手で奈落の底に落とされた気分だった。

(愚かなことだ)

ジョージアナが僕を見放す、なんて考えたことがなかった。彼女の愛情はどう見ても薄っぺらいものではなかったからだ。

その傲慢《ごうまん》さが緩く、だが確かに己の首を絞めていたのである。

◇　◇　◇

ジョージアナに己が捨てられたのだと漸《ようや》く気づいてから、数日経った頃。

僕は側近エドワードの名を呼び、手紙は来ていないかと問うた。彼は皇太子宛ての手紙が何通か届いていたと言ったが、僕の目を見てそういう手紙ではないと理解したらしい。

「来ておりません」

「………そうか」

僕は書類を揃えながら、ぎゅっと目を瞑った。

あの日から、地獄の炎で焼かれるような苦痛を味わい続けている。

喪失が自分の責任だからこそ、その灼熱《しゃくねつ》の炎は勢いを増し消える兆しがない。

だが、ジョージアナの辛苦や悲嘆《ひたん》に比べればこれぐらいどうということはないのだろう。

(それでも厚かましく、会いたいと希《こいねが》うから)

僕はそんな自分を嘲笑う。ここまで己が魯鈍《ろどん》な人間であるとは思いもしなかったのである。

「公女になにかお話でも？」

「そうだよ」

「それならば、お手紙はやめたほうがよろしいかと」

「なぜ？」

エドワードは困惑する僕をどこか憐れむような、軽蔑するような目で見て言った。

「殿下。私が仮に公女のお側にいる心ある人間であれば、まず、殿下のお手紙などお渡ししません。主の心を乱し、傷つけた張本人からのお手紙を、どうしてやっと前を向き始めた方に渡せると言うのです？　あまりにも愚かではありませんか」

エドワードの言葉は的を射ていた。

ジョージアナは両親の愛情は全て歳の離れた兄に注がれている、と思い込んでいるようだが、そうではない。ジョージアナがあまり望んでいない形ではあるだろうが、公爵夫妻の愛情は彼女にも確かに注がれている。

それを、僕はつい先日改めて突きつけられたばかりだった。だというのに、僕からの手紙は当然ジョージアナに届くだろう、と思って疑わなかった。

傲慢《ごうまん》で恥ずべき思考に眩暈《めまい》がする。

(公爵が渡すわけないじゃないか)

身の置き場のない羞恥心に苛《さいな》まれ、僕は書きかけの手紙を燃やすよう命じた。

軽快な音を立てながら火に呑まれる手紙を見つめながら、これからの自分の身の振り方を考えた。

ジョージアナは前を向いている。それは即ち、僕との関係を顧みることはもうないということである。

(どうして気づかなかったのか)

思い返してみれば、思い当たる行動ばかりだ。

枷《僕》が外れたジョージアナの足を引っ張ることなんて、どうしてできよう。

もう手遅れだ。

「……」

(でも)

許してもらおうなんて思わない。万死に値する言動や行動だったと非を鳴らしてくれていい。

挽回《ばんかい》の機会が欲しいなんて乞わない。

僕に微笑んでなんて頼まない。

僕を再び愛してなんて烏滸がましいことも言わない。

――ジョージアナが仮に別の男を愛しても、それが誰であれ絶対死んでも文句は言わない。

だから。

「ジョージアナ……」

お願いだから、謝る権利を僕にくれないだろうか
……そんな心持ちで無礼を承知で公爵邸に行き、ジョージアナにやっと会えたのに。

僕は謝るどころか、彼女の美々しさに酔い、彼女の至極当然の質問にも「どうして離宮に来ないのか」という質問で返す、というとんでもない愚挙《ぐきょ》に出たのだ。

すぐにやってしまった、と後悔する。

(どうして彼女の前では上手くいかないんだろう)

どうにかして、こんがらがる様々な気持ちを押し留めようと足掻いていると。

「一緒に離宮に行く必要がなくなったからです、殿下。今までは我儘《わがまま》を申し上げておりましたが、これからは慎むようにいたします」

僕の愚問にジョージアナは優しく、だが残酷な言葉で教えてくれた。

「もしかして、それを聞くためにこちらに？　でしたら申し訳ございません。お手を煩わせてしまいましたわ。ちゃんと自分の口から殿下にお伝えすべきでした」

「……違う、違うんだジョージアナ」

僕は喘《あえ》ぐように声を絞り出す。

後悔という名の底なし沼に溺れ、己への憤怒《ふんぬ》や失望に身体が引き裂かれそうだ。

「我儘《わがまま》だとかそんなこと思うはずがないよ。ジョージアナが毎年僕と一緒に来てくれるから、離宮での生活は楽しかったんだ。ジョージアナのいない離宮なんて、もう想像できない」

「……殿下？」

僕は困惑してるジョージアナに、頭を下げた。

「すまなかった。本当に申し訳ないことをした。この期に及んで謝罪しかできないことを、謝罪が遅れてしまったことを、許してほしい。本当に悪かった。もう二度とあのような浅はかな真似はしないと誓う」

息を呑む音が聞こえた。

◆　◆　◆

皇太子殿下という立場にはそぐわない態度で謝られた。

そのことに衝撃を受けながらも、身の程を知らぬ期待が心の中で芽を出した。ここで、私が殿下を許すと申し上げたら、私が望んでいた「愛し愛される夫婦」という関係になれるのではないかと。誠実なお方とは言い難いが、ここまで真剣に謝ってくださっているのならば……

そこまで考えて、ふと、素朴な疑問を抱いた。

――どうして殿下が謝るのかしら。

殿下は悪くない。不誠実であることに変わりはないが、次期皇帝という地位はそういうものである。むしろ、同じ愛を求めた私が悪かったのだ。

この婚約はあくまで政略的なものだと、双方の感情など二の次であると、分かっていたのに。

(殿下は私のせいで勘違いをなさっているのかもしれない)

そう思うと、とても申し訳なく感じた。己の独占欲や執着にも似た愛情で知らず知らずのうちに、殿下を縛っていたのだ。

あの時、解放してあげた、と思ったのは私の独りよがりだったのだろうか。

「……殿下、どうか頭をあげてくださいませ」

ゆっくりあげられた殿下の顔に浮かぶ表情に戸惑った。まるで飼い主に捨てられた犬のような、寂しさと悲しさと恐怖を必死に隠しているような顔であった。

殿下はそんな表情をする必要はない。もっと自由を味わい、私の身勝手な愛という鎖から解放されたことを喜ぶべきである。

「殿下」

私は諭すように丁寧に言う。

「殿下が謝る必要はございません。殿下には、未来ある令嬢を側に置く権利がありますもの」

帝国では皇族のみ、後宮という見目麗しい花が集う宮で女性を囲うことが許されている。もし、正妃である私が子を産めないと分かった場合にはそれはむしろ義務になるのだ。

「跡継ぎをもうけるのは仕事ですもの。流石に、大勢の女性を弄ぶのは如何なものかと思いますが、相手が然るべき身分のご令嬢なら、私は婚約者として口出しいたしません」

ですから、と続ける。

「殿下が謝ることはなにもないのです」

言外に、私の恋情から解放して差し上げると申し上げた。殿下にとって喜ばしいことのはずだ。

しかし彼は蒼白な顔に、苦悶《くもん》の色を塗るだけで喜悦《きえつ》の色は現れなかった。

私は苦痛に苛《さいな》まれた殿下の表情を見て本気で心配になり、声をかけようとしたが。

「……ああ、こういうことか……。僕こそ本当に莫迦《ばか》だ。そうだよね、うん、そういう価値もないぐらい、分かっていたはずなのに……」

喘《あえ》ぐようにそうもらす殿下は、まるで咀嚼《そしゃく》したくはないものを強引に口に押し込んでいるようだった。

(ここまで殿下が弱るなんて)

流石に驚きを隠せなかった。それほどまでに今までの行動を悔いているのだろうか。

「……」

しかし、なんと言ったらいいのか分からない。

許す、と申し上げたら良いのだろうか。

そうしたら、殿下は納得してくださるのだろうか。苦悶《くもん》に歪んだ表情を和らげることができるのだろうか。

だが私は本当に怒っていないし、怒る理由はもうないのだ。

殿下がまた、なんの目的もなく身分の低い令嬢と仲良くしていたら咎《とが》めるかもしれないが、その令嬢を側室に迎える、もしくは次期皇妃《第二夫人》に迎えるのに相応しい方なら止めない。

それは殿下の自由であり権利だからである。

(私は己の領分を出ないと決めたから)

やはり謝罪を受け入れる理由もないわけである。

「あの……」

どう言葉をかけるべきか迷っていると、殿下が決意を秘めた瞳で私を射貫くように見つめる。

そして告げられた言葉は。

「ジョージアナ。今までの愚かな僕を許してくれなんておこがましいことは言わないから、改心した僕を、僕の妃として側で見てほしい」

（改心だなんて）

殿下はそんなことなさる必要はないのに。

それにこう言ってはなんだが、未来は見えている。殿下はきっと他の女性と仲良くなさるだろう。

私があれだけ申し上げても駄目だったのだから、今更、改心できるとはとても思えなかった。

――期待なんてできない。信用なんてできない。

私は拳をぎゅっと握り、唇を噛んだ。

けれど。

他でもない殿下がそう仰っているのだ。それに水を差すような無粋な真似はできなかった。

相手は将来の皇帝であり、私の旦那様となるお方。余程のお言葉ではない限り、頷く以外の選択肢はないのである。

「……あの、殿下。離宮のことは」

「……分かっている。そこまで望まないよ」

「そうですか」

両親と一緒に公爵領の避暑地に行くのも気が進まないが、離宮に殿下と一緒に赴くよりはましだった。

ほっと安堵していると、殿下が優しく問いかけてきた。

「……母上になにか、伝言などはあるかい？」

思わぬ申し出に驚く。

「いいのですか？」

すると殿下は少し寂しそうに微笑んだ。

「それぐらいさせてほしい」

「ですが」

「母上だって喜ぶよ」

懇願《こんがん》されるように言われ、暫《しば》し悩む。

殿下にかける迷惑と、亡き皇后陛下に毎年捧げているお花を供えたい、という気持ちを天秤にかけた結果、後者が傾いた。

「では、皇后陛下に私の代わりにお花を届けてくださいませんか。あとで宮殿に届けさせますので、お願いします」

「……例の場所に、だね」

「はい」

離宮は皇后陛下が生前、陛下から贈られた宮殿である。

優雅さと美しさが相まった皇后陛下らしい瀟洒《しょうしゃ》な宮殿となっており、身罷《みまか》られたあとも殿下と共に訪《おとな》っていたのには皇后陛下を偲《しの》ぶためでもあった。

そこに、私と殿下は陛下が建てた皇后陛下の墓とは別に、小さな墓を作った。

日当たりの良い薔薇《ばら》の園の中央に作られたそれは不格好で、墓碑銘もなにもないため墓とも言い難いものなのだが、私にとってはこれ以上ない素敵な墓に見えたものだ。

そして毎年夏に訪れる際に殿下と共に、白百合の花束を供えていた。

(二人きりの秘密の約束だとずっと思っていたけれど)

いつか殿下は私以外の女性にもその秘密を打ち明けるかもしれない、実母である皇后陛下の死を嘆く気持ちと一緒に。そのことを覚悟している自分が少し悲しく寂しかった。

◇　◇　◇

殿下が宮殿に戻られたあと、私が心を落ち着かせるために珈琲《コーヒー》プリンを一心不乱に食べていると、これまた思わぬ人が現れた。

今日はある意味厄日《やくび》なのかもしれない。

慌ててお辞儀をする侍女たちを尻目に、その方をじっと見つめる。

「そんなに食べたら太っちまうぞ?　ジョージアナ」

「……お帰りなさいませ、お兄様」

「ああ。元気だったか?　まあ、聞くまでもねえか。どうしたんだ?　また殿下に振られたのか?」

「……出口はあちらでございます」

「つれないなぁー」

「いくらお兄様でも淑女の部屋に無断で入るなんて、無礼ではありませんこと？」

「相手が妹なら別だろう？」

私の前にどかっと座り、無遠慮にも私の侍女に指示を出して紅茶を出させる姿に眉を顰《ひそ》める。

「……」

食べすぎ防止のため珈琲《コーヒー》プリンは三個だけだと決めていたのに、早速四個目が食べたくなっていた。

（どうしてこんな時にお帰りになったのかしら）

長い金髪を後ろで束ね、私とそっくりの瞳を愉悦《ゆえつ》に歪ませながら私を見てくる五つ上のお兄様に、私はただただ辟易《へきえき》した。

薬の研究に力を入れているお兄様は、滅多に屋敷にお戻りにならない。

各地を転々としたかと思えば、研究用の屋敷に籠ったりと、公子としての役割などすっかり忘れて自由奔放に生きているのである。公子とは思えぬ口の悪さや乱暴な行動も、そこから来ているのだろう。

しかし、社交の場では麗しい貴公子として振る舞っているのだから、器用な方である。

（天才というのも考えものね）

公子としての役割を投げ出してまで没頭している薬の研究も、決してお遊びや趣味の類ではない。実際、商人からは絶大な人気を得ており、難病の薬を開発したことで帝国中を驚かせたこともあった。何事も完璧にできてしまう、優秀な薬師。

そんなお兄様にとって唯一理解できないのが、他者の「できない」ということらしい。「できない」ということが未知の存在なのである。それ故、幼い頃はお兄様には邪険に扱われていた。

お兄様にとってなにもできない妹は「理解不能な生物」であり、加えて、次期公爵という地位を丸投げもできない女だったこともあり、相手にする価値もなかったのである。

私は平常心を保つために紅茶を飲みながら、お兄様に聞く。

「どうしてお帰りに？　研究は終わったのですか？」

「まだだけど、風の噂で聞いてな。おまえが領地の避暑地に向かうと。どういう心境の変化だ？」

「まあ、いけませんか？　私も歴としたこの家の娘ですのよ」

「咎《とが》めているわけじゃない。そんな好戦的になるなよ」

お兄様は侍女が紅茶と共に用意してくれたクッキーを食べると、妖《あや》しく微笑んだ。

「ただ、殿下を愛しているとあれだけ豪語していたおまえが、ここにきて離宮ではなく公爵領の避暑地に行くなんて、どうしたのかと思うじゃねえか」

「家族と過ごしたいと思ったのです。まさか、そんなことを聞きたくてお帰りに？　お父様に見つかる前にお戻りになったほうがよろしいのでは」

腐ってもクロローム公爵令息、私が殿下と距離を置いたという情報を知らないはずがないのだ。

なのにわざわざ聞くなんて。

（お兄様は本当に私のことが嫌いなのね）

傷口を抉《えぐ》っているとしか思えない。私はそう思いながら目を伏せていたため、お兄様がその時どんな顔をしていたのか知る由もなかった。

「父上には執事から話が行くだろう。案ずることはない、どうせこっぴどく叱られるんだから」

「そう思うならば、次期公爵としての仕事をなさっては如何です？」

次期公爵としての仕事をさせたいお父様と、薬の研究に没頭したいお兄様は昔から仲が良くなく、よく言い争っているのを知っていた。

双方のためにもなると、至極当然のことを言うと、お兄様は怒りを込めた目で私を睨む。

「研究を捨てろってか？」

「公爵家の一人としての意見です」

私もお兄様の研究は素晴らしいと思っているけれど、領民に支えられて生きている貴族としては、その役目を果たすのがまず先だという考えを捨てられなかった。

天才《お兄様》と凡人《私》はやはり相容れないようである。

「それならば、公爵家の一人として俺も言う。殿下は色んな女と戯《たわむ》れているらしいが、おまえが正妻としての立場を確固たるものにしたいなら、愛人の名、性格、家柄ぐらいは把握しておけ。敵のことを一から十まで知っておくべきだ。公女という地位に奢《おご》っていると痛い目に合うぞ」

お兄様は珍しく真剣にそう言うと、クッキーを何枚か頬張り部屋を出て行った。

私は暫《しばら》くお兄様の言葉を脳内で噛み砕いて……やっと理解できた時には驚愕《きょうがく》という感情しか浮かばなかった。

「あのお兄様が、私にアドバイスを……！」

明日は嵐が来るに違いない、と本気で思った。

◆　◆　◆

ジョージアナの屋敷に行ってから約三週間後、試験も終わり夏休みを迎えた初日に、僕は彼女のいる帝都から逃げるように離宮に赴いた。

ジョージアナのいない間に考えを整理しようと考えていたのだが、彼女のいない離宮は驚くほど退屈で、綺麗な宮や庭園、豊かな森でさえも色褪《あ》せて見えた。

なにをしても楽しくない。なににも興味が湧かない。

ジョージアナとの思い出が色濃く残る離宮での生活は、苦痛でしかなかった。

「……誰もいないな」

そう思って近くにある海に来てはみたものの、皇族の所有地であるこの海には人っ子一人いない。

近くに騎士を置いてはいるが、実に寂しい光景である。

「なんでエドワードと来ているんだろう……」

「奇遇ですね、殿下。私もそう思っていたところです」

同意しつつ、一言付け加えるのを忘れないエドワードに僕は笑ってしまった。

彼は色々な意味でイイ性格をしている。不器用だが仕事はできるし、基本的に無口で不愛想だが心根は優しい。容姿も整っており令嬢から人気もあるのに、己が想う人だけを一途に見ている。

(僕とは雲泥《うんでい》の差だ)

身分を考えず、僕とエドワードどちらがジョージアナに相応しい男かと訊かれたら、十人中十人が迷うことなくエドワードと答えることだろう。

同じ男なのに、育った環境もそれほど差があるわけではないのに、どうしてこんなにも違うのか。

(僕は間違いだらけで、婚約者一人さえ大事にできないのに……)

果てしなく続くかのように見える海は、どこまでも青く澄み通っていて綺麗だ。太陽の情熱的な光に当てられた部分が輝き、宝石のような美しさを放っていた。しかし、静かな波の音がどこか悲しく切ない。

ここにジョージアナがいればきっとこの景色も変わるだろう。もっと鮮やかに、美しく見えるはずだ。そう考えてしまうほどジョージアナに飢えていた。

重症である。

「……殿下」

「なんだい？」

そんなことを考えていたからか、彼が突然放った言葉に目を剥《む》いた。

「私の気持ちをご存知ですよね」

「……」

「主の婚約者を想う側近……気持ち悪くないんですか。私なら、即刻解雇します。どれだけ使える男でも、自分の女を狙う男を側に置くほど、私は優しくありませんし自信もないです」

「……エドワード」

「存じ上げております。殿下は私の気持ちなんてどうでもよかったはずです。ジョージアナ公女が殿下しか見ていなかったのは、火を見るよりも明らかでしたから」

忌々《いまいま》し気に言われ、僕はなにも言えなかった。

実際、あの頃の僕は「ああ、好きなんだな」ぐらいしか思っていなかった。ジョージアナがエドワードに目もくれていないのは紛《まぎ》れもない事実だったし、あの時は傲慢《ごうまん》にもジョージアナの愛情に胡坐をかいていたからだ。

ジョージアナに愛されるなんて奇跡だというのに、僕は当然のことのように捉えていた。

エドワードは俯く僕を無視し、話を続ける。

「ですが、殿下は公女の気持ちを裏切り続け、公女は殿下を……諦めました」

「……なにが言いたい」

「私はこのままジョージアナ公女への想いを断ち切らなくても、よろしいですか」

彼はそう言うと僕を真摯に見つめる。

おふざけではない、本心からの言葉だと痛いほど伝わってくる。

だからこそ、僕の心は焦燥と恐怖で圧迫されて上手く息ができなかった。もし、ジョージアナが彼の熱くも揺るぎのない想いを知り、それに応えたら——

そう考えるだけでぞっとする。

いやだ。

やめてくれ。

「僕の婚約者だ。皇太子妃になる人に求婚でもするのかい？」

不敬も甚だしいとばかり責めるように言ったが、情けないことにその声は震えており、負けを認めているも同然であった。

「殿下から奪おうなんて烏滸がましいことは思っていません。ただ、想うことをお許しくだされば良いのです」

そう言った彼からは、ジョージアナへのただただ深い愛情だけが感じられた。

◆　◆　◆

公爵領の別邸は、離宮とは違い荘厳《そうごん》さを感じさせる屋敷である。

木々に囲まれ、緑の蔦《つた》が覆う屋敷の、得も言われぬこの美しさ。秘密の花園の中にぽつりと佇むような別邸を見て、ここに来てよかったと心底思った。

「ジョージアナ、ここにいたのか」

「お父様、お母様？　どうかなさいましたか？」

私が庭にある東屋で報告書を眺めていると、お父様とお母様がやってきた。いつもこの時間は、お母様はお昼寝を、お父様はお仕事をなさっている時間なのだが珍しいこともあるものだ。

（それに、二人揃ってなんて）

なにか由々しき事でも起こったのではないかとあったのか、思わず身構える。

しかし両親が切り出したのは、想像もしていなかった話だった。

「実は……おまえのためだと思って、殿下からの手紙を全てジョージアナの目に届かない場所で保管していた」

「……ごめんなさい、ジョージアナ」

「え？」

突然の謝罪と事実に驚いてなにも言えなかった。

呆然とする私に、両親は頭を下げた。しかし私はまだ事態が呑み込めず、そんな彼らを眺めることしかできない。

殿下からの手紙を隠していた？　どうして？　隠す必要はないだろう。

(相手は婚約者よ)

困惑が困惑を呼び、理由が分からないだけに得体の知れない恐怖さえ感じてしまう。

「なにか、私に不手際がありましたか？」

「そういうのじゃないの。そもそも私たちは、手紙の封さえ開けていないから」

「ただ……最近、やっと元気になってきたおまえの気分を損なうことを憚《はばか》っての判断だった」

娘である私を思っての行動だったと言う。喜ぶべきなのか、憤るべきなのか。

(私の気分だなんて)

私は軽い頭痛を訴える額を抑えながら、お二人ともどうでも良かったじゃないですか、という言葉を呑み込んだ。

「殿下もお困りでしょう、返事がなければ。とても礼節に欠ける行動ですわ」

返事を急ぐものがあったらどうしようかと焦る。私はすぐにでも殿下が書いてくれた手紙を渡してほしかった。

そう頼むが……

「そんなことはどうでもよい」

「……」

お父様がすんとした顔でばっさり切る。

愛国心が強い仕事人間であるお父様が、将来の主君たる殿下になんたる発言を。そのことに呆れるべきか、どう反応すべきか迷っていると。

お母様が慈愛《じあい》の籠った眼差しで私を見つめた。

「今回私たちがこのことを打ち明けたのは、良心の呵責《かしゃく》からではないのよ。他でもない、殿下から頭を下げて頼まれたからなの」

「……え」

殿下が頭を下げた？

また？

信じられぬと目を丸くする私に、お父様は固い声で言う。

「なにを驚く。当然だろう、人の上に立つ者は人に謝る心を持っておかねばならん」

「しかし」

「取り合えず、この手紙を読んでごらんなさい。殿下に頭を下げて頼まれたのよ、せめてこの手紙だけでも読んでくださいって。他のものは処分してもらっても結構だって」

そう言うと、お母様は使用人に命じて一通の上質な封筒を私に渡した。私はまるでなにかに操られたかのようにその手紙を受け取る。

(デージーの花の香がする……)

殿下の匂いではないのに、何故か懐かしい殿下の匂いのように感じられた。

――前回の突然の訪問、本当に悪かった。ジョージアナには迷惑をかけてばかりだと痛感しているよ。


そんな文章から始まった殿下からの手紙。

私は侍女のジェーンに髪の毛を乾かしてもらいながら、殿下のわずかに震えた文字を撫でた。緊張、不安が垣間見える文字。

(莫迦《ばか》なお方)

私如きに怯えることも、なにもないでしょう。

なのに、この震えた文字から如実に伝わる感情が嬉しいと……少しでも思ってしまう私は、彼以上に莫迦《ばか》なのかもしれない。

私は重たいため息を一つ落とすと、続きを読む。


――今回も、僕の身勝手な気持ちから手紙を出している。公爵を強引に説得して君に渡してもらっているから、どれだけ嫌でも読まないといけないだろう。すまない、でもこの方法しか思いつかなかった。

後期の授業が始まるまでまだ一か月以上ある。暫《しばら》く顔を合わせる機会がないのはやむを得ないことだ。

——僕は毎日、君に手紙を出していた。全部、公爵が止めているだろうということは知っているくせに、出していた。ありえないだろう、今更になって手紙を出しているんだ、君が側にいた時は滅多に出さなかったくせに。それなのに返事がないことに、僕が耐えられなくなって公爵に頼んで届けてもらった。君と一緒に避暑地に行けないだけでも身が引き裂かれるほど辛いのに、暫《しばら》く会えないなんてとても耐えられなかった。

「あと半年経てば毎日会えますけれどね」
我ながら皮肉の混じった言葉である。
けれど、読むことはやめられなかった。

——改めて、ここで謝らせてほしい。君を沢山傷つけて、君を大切にできなくてすまなかった。

二枚目の手紙に移る時、ぺらっという何気ない音が響く。
私は彼の形は整っているがどこか震えている字を目で追った。

——ジョージアナが側からいなくなって、僕は初めて自分の気持ちに気づいた。今更気づくなんて、僕も呆れたし絶望した。

私は次に続く文字を見て一瞬、呼吸ができなくなったかと思った。

——僕はどうしようもなくジョージアナを愛しているんだ。

「…………」

私が渇望《かつぼう》していた言葉だ。

どれだけの代償を払っても、どれだけひどい目に合っても、欲しいと希《こいねが》っていた言葉《気持ち》。

(嘘よ……)

だって、そんなこと信じられない。利用価値のある私が離れていかないように、愛しているという言葉《鎖》で私を縛ろうとしているだけだ。

殿下は私を愛してなどいない。

勘違いしないようにそう言い聞かせるが、尚も続く彼の愛の告白に汗が滲み出、手紙を持つ手が震え、眩暈《めまい》までしてきた。

──信じられないだろうから何度でも言うよ。僕はジョージアナを愛している。近すぎて気づけなかっただけでずっと愛していた。気づいた時は気が触れるかと思ったよ。なんで気づくのがこんなにも遅いのだと。僕はもう、ジョージアナ以外の女性を愛せないし、そもそもジョージアナ以外の女性を愛したことはない。君からすれば滑稽な話だと思う。けど、これだけは信じてほしい。もう二度とジョージアナを傷つけるような浅はかなことはしない。

──本当にすまなかった。

私は最後の文を読んで、そっと瞼を閉じた。

殿下がどのような気持ちで、このような恋文《ラブレター》と言っても差し支えのない手紙を書いたのか分からない。

許してほしいからか、また愛してほしいからか。

正妻となる私と不仲では体裁が悪いからかもしれない。

それとも……

「私を、本当に愛しているの……？」

まさかね、と笑い飛ばそうとしたがなかなか上手くいかない。

殿下は一体なにを考えておられるのだろうか、という疑問が心中を占めていた。だけれどその奥底では、邪な気持ちを抱く自分も確かにいる。

複雑で、薄汚く、どれだけ掃除をしても綺麗にはなれない女の欲だ。

(理解できないわ)

どうしてこうも心というのは私の頭を悩ませるのか。

「……ジェーン、殿下にお返事を書くから紙とペンの用意をお願い」

「畏まりました。どのようなものにいたしましょうか」

「簡単なもので。離宮に届くよう手配をお願いね」

「仰せのままに」

◇　◇　◇

にゃんにゃんと鳴く愛猫の可愛いこと。

私は蒲公英《たんぽぽ》や白詰草《しろつめくさ》が小さく咲いている野原で蝶を追いかけて遊ぶ愛猫を見つめながら、これからどうしようかと考えた。

(かなり殿下に挑戦的なお返事をしたから)

今頃きっと「なんて面倒な女だ」と呆れているだろう。そう考えるとなにか痛みを伴うものが胸を刺すが、そのほうが私も楽だと考え直す。

私への一時の感情なんて捨て去り、殿下も歴代の皇帝のように、側室を迎え、華やかな女人たちをその掌で躍らせたらいいと。

(皇帝という立場はそういうものだわ)

皇帝は国の存続のため、沢山跡継ぎをもうけなくてはならない。

そのため歴史上には百人の側室を持ち、数多の御子を持った皇帝もいる。そのことを、皇后は咎《とが》めてはならないのだ。

国に仕えるのが皇帝の仕事なら、それをお支えすることが皇后の務めだからである。

(そういえば)

改めて調べさせた報告書の内容を思い出して、私は首をひねる。

「どうして殿下は、令嬢たちと夜を共にしていなかったのかしら」

本当に疑問だと側にいたジェーンに問う。

すると彼女は至って冷静に答えた。

「私めには分かりかねますが……。もしかしたら、殿下はお嬢様以外とはそのような関係になることを考えていらっしゃらなかったのではないでしょうか」

「……有り得ないわ、そんなこと。殿下はそんな気を回すような方ではないでしょう」

「いえ、それは配慮などではなく殿下はお嬢様に懸想《けそう》されているからで……」

珍しく単純な考えを持ったジェーンに微笑む。

「愛しているという話のこと？　紙の上に記された言葉の真偽なんて分からないものよ」

「……仰る通りです、お嬢様。余計なことを申し上げました。申し訳ございません」

「謝らないで。ジェーンが悪いわけではないもの」

私は喉を鳴らして擦り寄ってきた気まぐれな愛猫を抱きしめ、信じては駄目よと自分自身に言い聞かせるように呟いた。

第二章　約束

時が過ぎるのは早いもので。

約二か月の長期休暇は流れるように終わり、気がつけば、学園の後期の授業を受ける日を迎えていた。

授業はなく、始業式の挨拶をする殿下の後ろで立っているだけの簡単な仕事をこなすのみ。そのあとも、結婚式の準備や、卒業試験を受けるための勉強をするだけで、特にこれといったイベントはない。

……はずだった。

「殿下？　今なんと？」

淡々と始業式の挨拶が終わり、その他の生徒たちは屋敷へ帰宅。

私も生徒代表としての事務仕事が終わったので、殿下に報告し終えたあと生徒会長専用の部屋から出ようとすると、殿下の口から耳を疑う発言が出た。

思わずドアノブから手を放し、目を見開いて殿下を見つめる。

そんな間抜けな私を、殿下はやや苦笑いで見つめ返してきた。

「僕から誘うのは初めてかもね……一緒に、お茶でもどうかな」

「……」

初めて。そう、本当に初めてである。

(いつも誘うのは私からだったから)

それについて不満を抱いたことはないけれど、あとになって考えてみると、やはり私ばかりが夢中だったのだなと愁嘆《しゅうたん》したものだった。

私は唇を噛んで迷う。

胸裏《きょうり》に過るのは過去には成り切らない感情。

だがその感情の前に「なにを今更」という、終わったことに執心している殿下への軽蔑とも、呆れとも、苛立ちともとれるものがあった。

もっと、もっと、前に誘ってくださっていれば……

私は断ろうと口を開く。だが殿下のほうが一枚上手だった。

「珈琲《コーヒー》プリンが食べ放題だよ」

「!?」

珈琲《コーヒー》プリンと聞いて目の色を変えた私に、殿下が安堵したように微笑む。

「追加でパフェもあるし、お持ち帰りもできるよう手配している」

「で、でしたらジェーンに後日……」

「僕が店の支配人なんだ、一緒じゃないとそんなサービスないよ」

「……」

思わず淑女にあるまじき行為である舌打ちをしそうになった。

なんとか珈琲《コーヒー》プリンだけを入手する方法はないものかと、考えあぐねていると、殿下は心底辛そうに掠れた声で懇願《こんがん》するように言う。

「このあと、用事がないなら一緒に来てほしい。話したいこともある」

「……結婚式に向けての、準備がありますので」

「全面的に手伝う」

「勉強だって」

「聡明なジョージアナなら試験は余裕でパスできるだろう？　それでも心配なら僕が見るよ」

「家の者に連絡だってしていませんわ」

「公爵には予め許可を得ているから、案ずることはないよ」

「……」

用意周到な殿下に開いた口がふさがらない。執事でも、侍女長でもなく、公爵《お父様》に許可を得ているとは、些《いささ》か卑怯ではないだろうか。

(断れないじゃないですか)

私は渋々殿下と一緒にお茶をすることになったのだった。

◆　◆　◆

ジョージアナの好物が珈琲《コーヒー》プリン、というのは漏洩《ろうえい》されてはならない情報である。

何故なら、貴族や皇族は好き嫌いを公言してはならないという暗黙の了解があるからだ。好き嫌いが没落や最悪死を招くこともある。

おそらくジョージアナの好物を知っている者は、家族と専属侍女と僕ぐらいだろう。別に調べさせたわけではない、ジョージアナの表情を見ていれば……なんとなく分かる。

貴婦人が好むであろうマカロンやクッキーではなく、苦味と甘味が合わさった珈琲《コーヒー》プリンが好きだなんて可愛らしいと思った。丁度、経営の勉強をしていたこともあって、ジョージアナが気兼ねなく食べることができるようにお店を作ったのである。

（どれだけジョージアナを見ていたんだよって話だな）

それでいて自分の想いに気づかないなんて、これこそ愚の骨頂《こっちょう》である。

愚かな行為に没頭していた自分を嘲りつつも、店に行くため僕の隣に座っているジョージアナの横顔を見ながら頬を緩めた。

（断固拒否されるかと思ったけど）

強引に頼み込み、矜持《きょうじ》もなにもかも捨てて縋《すが》った結果。女神《ジョージアナ》は微笑んでくれた。

（それだけで、こんなにも嬉しい……）

胸に温かくも甘酸っぱいものが広がる。こんなふわふわ浮いているような感覚は初めてだ。

しかし、店に入った瞬間、その喜びは砂上の楼閣《ろうかく》だったのだと思い知った。

「では、殿下。私はここで。ごきげんよう」

入店するや否や、僕と別行動をとろうとするジョージアナに驚く。

その顔は清々しく、綺麗な翡翠《ひすい》の瞳にはプリンしか映っていないように見えるのは気のせいか。

「え、ジョージアナ？　ちょっと待ってくれないか」

「？　あら、まだなにか？」

混乱する僕を、心底不思議そうに見るジョージアナ。

その表情は本来僕がすべきものである。

「どこに行くの？　席は用意させているけど、そっちの席のほうが良かった？」

「いいえ、私はなるべく目立たぬ席をと思っただけです」

「だったら……個室があるからそこに行こう」

その言葉にジョージアナはきょとんとした顔をした。年相応に見えるその表情はどこかあどけなく幼い。

「ええと、殿下の仰っている意味が分かりかねますわ」

「……え？」

理解ができない、追いつかない僕にジョージアナは優しく、しかし淡々と言った。

「誤解があるようですが……。私は甘味《プリン》を食べに来たのであって、殿下とお茶をご一緒しに来たわけではないです」

「え、でも一緒にお茶をする約束を……」

「していませんわ」

「ジョージアナ？」

凛とした態度で、僕を射貫くように見つめてくるジョージアナ。僕はそれに探るような視線を返す。

確かにジョージアナは僕と一緒に行く、と承諾したはずだ。

困惑する僕にジョージアナは「殿下が仰ったことではありませんか」と鼻で嗤《わら》う。

「約束だと言わなければ、約束にはならないと。私は約束だとは申し上げていませんので、殿下と一緒にお茶をしなくても約束を違えたことにはなりません、そうでしょう？」

「……！」

思い当たる節があり、僕は絶句する。

確かに言った。また僕が浮気をしたと嘆くジョージアナに僕は平常心を保つことができず、苛立ちが滲んだ声で「約束していない」と。

今思えば屑《くず》な浮気男の常套句《じょうとうく》みたいな言葉である。過去の僕の唾棄《だき》すべき浅はかな発言に言葉を失った。

視界が霞み、耳鳴りがする。頭を金槌でがんがん打たれているような痛みに襲われ、吐き気を催した。

そんな僕を心配してか……。ジョージアナは客から離れている席に僕を案内し、諭すように言った。

「やはり殿下は体調が優れないようですね……。結婚式を四か月後に控えておりますし、それまで時間もありませんので、体調を第一に考えてくださいませ。取り合えず今日は帰りましょう、人を呼ぶのでお待ちください」

「ちがっ！　そんなんじゃないよ、ジョージアナ」

「いいえ、そうです」

確固たる決意を持って言うジョージアナを訝《いぶか》し気に見上げると、ジョージアナは苦しそうに僕を見ていた。

愛《ジョージアナ》している人が苦しんでいる。それも僕のせいで。

それだけで胸が張り裂けそうなほど辛い。ジョージアナの傷心を、他でもない傷つけた張本人が癒して、できることなら代わってあげたいと願う。

これほど滑稽で、惨めなことはあるのだろうか。

そんなことを考えていると、ジョージアナは苦痛と悲哀に満ちた表情から一転、優艶《ゆうえん》な公女の顔に戻る。

「では殿下。人を呼んできますのでお待ちくださいませ」

「！　っジョージアナ」

慌てて呼び止めるが、ジョージアナはさっさと身を翻《ひるがえ》し人を呼ぶために僕の側を離れていこうとする。

「待って、ジョージアナ……！　呼ばなくていいから」

そんなに僕と一緒にいたくないなら、帰って良い。珈琲《コーヒー》プリンは君が望む分を公爵邸に贈るように手配するから。

そう思って僕はジョージアナを止めようと、彼女の腕を掴もうとした。

その時だった。

「公女様……？」

「まあ、エドワード様？　ごきげんよう」

絶対引き合わせたくない人と、ジョージアナが偶然にも出会ってしまったのは。

「ごきげんよう。殿下とご一緒でしたか」

「ええ」

「お菓子はお召し上がりになりましたか？」

愛らしく微笑む女神に、照れた様子を見せるエドワード。

実際に至近距離でジョージアナと他の男とが談笑している様を見るのは、これが初めてかもしれない。

そう考えるだけで、嫉妬の炎で脳が焼けそうになる。

「いえ。殿下がこの通り体調がお悪いようで、今日はもう屋敷に戻ろうかと思っていますの」

「殿下が……？」

そう言って僕を見つめるエドワードの瞳には、優し気な仮面を被った獰猛《どうもう》な獣が棲んでいた。

「……」

奥歯を噛みしめすぎて、鉄の苦い味が広がる。

神の采配《さいはい》をこれほど恨んだことなどない。

偶然の出会いのはずなのに、偶然ではないように感じるのは僕の被害妄想だろうか。

「エドワード……」

制服姿でも目が眩《くら》むような美貌を隠せていないジョージアナを、僕はエドワードから隠すように抱き寄せ、いまだ頬を染めているエドワードを睨んだ。

身勝手な嫉妬と、怒りと、胸を焦がすような焦燥感で声が上ずる。

「君が表に出るなんて珍しいね。なにか急を要することでも？」

そんな醜い僕を、エドワードは冷静に見ながら深く頭を下げて謝った。

「申し訳ございません。殿下」

「……なにが」

「……実はミスがあったようで、お客様から苦情が入ったそうなのです。そのお客様がお客様なだけに私が対応に当たっていたのですが」

「まあ、大変ね」

労わるようなジョージアナの言葉。

愛しの君ことジョージアナに気にかけてもらえて嬉しいのか、エドワードが滅多に見せぬ微笑を浮かべながら「いえ、当然のことをしたまでです」と言った。表面上は和やかな会話を繰り広げる二人に、どろどろとした嫉妬が溢れそうになる。華やかなジョージアナと品が良いエドワード、この二人が並ぶと忌々《いまいま》しいことに似合って見えた。

「なにもエドワードがやることはないだろう？　別の人をよこせば済む話だよ」

「お客様が高位貴族でしたので、下の者に謝らせるのは些《いささ》か無礼だと思いまして」

「傲慢《ごうまん》なお客さんだわ」

ジョージアナが眉を寄せてぽつりと呟く。

その言葉を耳聡くも拾ったエドワードは苦笑をもらした。

そこで僕は思い当たることがあり、こっそりエドワードに客の名前を聞いた。もしかして例の女かと。僕の問いにエドワードは神妙な面持ちで頷いた。

絶対にあの穢《けが》れた女と純粋で清らかなジョージアナを鉢合わせてはならない、そう思った。

ジョージアナがあの女に負けるとも、劣るとも思っていないが、彼女の目にあの女を映してほしくはなかったのである。

「分かった。その客人の所へ僕が行くよ。エドワードはジョージアナを屋敷まで送ってくれ」

「畏まりました」

恭《うやうや》しく頭を下げるエドワードを一瞥《いちべつ》した後、困惑した様子で僕たちを見ていたジョージアナに努めて冷静に言う。

「申し訳ないけれど、今日はエドワードと一緒に屋敷に帰ってほしい。無理を言って来てもらったのにすまない。珈琲《コーヒー》プリンは公女宛てに屋敷に届くよう手配しておくよ」

「……分かりました」

只事ではない雰囲気を察したのか、ジョージアナは微かに眉を下げたものの素直に頷いてくれた。

(本当は僕が送りたいけど)

残念ながらそうもいかない。この問題を早急に解決するほうが先だった。

この店では、貴族専用の特別な個室が用意されている。所謂《いわゆる》貴賓室《きひん》という部屋である。

貴族であれば誰であれ使用できるようになっており、あの女もそこにいるのであろう。激昂《げっこう》させると厄介《やっかい》な女だけに、なるべく穏便に済ませたいのだが上手くいくだろうか……そんなことを考えながら、僕は貴賓室《きひん》がある二階へと向かった。

その後ろ姿をジョージアナが神妙な表情で見ていたなんて、僕は気が付かなかったのである。

（さっさと帰ってくれたらいいが）

和気藹々《わきあいあい》とした庶民的な雰囲気の一階とは違い、貴賓室《きひん》がある二階は堅苦しくもどこか品のある雰囲気が漂っている。気位の高い貴婦人が好むように造られていると聞いていたが、一階と二階の温度差には流石に驚いた。

「こちらにいらっしゃいます」

洒落《しゃれ》た扉の前にいる店員がやや震えながら扉を開けた。

その女は真っ黒な髪を肩に垂らし、紅い葡萄酒《ぶどう》が揺れる杯を傾け、満喫している最中であった。どうやら僕たちが来る前から店に来ていたらしい、店が用意したであろう葡萄酒《ぶどう》の瓶が二本ほど床に転がっている。行儀が悪い。

厳重にしていたはずの警備の思わぬ盲点に、僕は呻《うめ》きたくなった。おそらく、警備を任されていた下っ端騎士をご自慢の美貌で誘惑して入り込んだのであろう。憶測だが間違ってはいないはずだ。どうやら、店員よりも騎士の立場が上なのが裏目に出てしまったようである。

女は僕に気づくと、嬉しそうに笑った。

僕はもれそうになるため息をぐっと堪え、憤怒《ふんぬ》を抑えた声で艶美《えんび》に悠々と笑む女に言い放った。

「ラリー前侯爵夫人。僕の命令を無視してまでこの店に来るなんて、どういうつもりなのか訊いてもいいかい？」

低い声で詰《なじ》るように言えば、彼女は怯えたように肩を揺らす。

しかしその瞳は笑っていた。

「わたくしは次期皇妃ですもの、未来の夫に会いに来ただけですわ」

うっとりとした顔で微笑む女にぞっとした。

数年前に亡くなったラリー前侯爵は所謂《いわゆる》、好色《こうしょく》親父であった。柳暗《りゅうあん》花明《かめい》に毎日のように通っては一夜の夢を買うのが趣味だった彼はなんとも薄情なことに、奥方が亡くなった三か月後に突然、一人の女を後妻《ごさい》に迎えると宣言した。

それが皇太子を前にして、気持ちの悪い笑みを浮かべている女である。

「……いいかい？　あなたは次期皇妃じゃないし、僕は一生ジョージアナ以外の女を娶《めと》るつもりはない。僕に何度も同じことを言わせないでくれ」

僕は不服そうな顔をする女を一瞥《いちべつ》し、話を続ける。

「どうやら、騎士を篭絡《ろうらく》してこの店に入ったようだけど……あなたにはこの店への出入りを禁じると通告していたはずだ。それを破ったということがどういうことか……その身をもって思い知るといい」

「あら、殿下ったら。次期皇妃を罰するおつもり？」

「しつこい」

ジョージアナに誤解でもされたらどうしてくれるのか。

僕が後ろに控えている騎士にこの女を連れて行くよう命令しようとしたところで、女は「憚《はばか》りながら」と静かに言った。

「わたくしには最大の切り札があることをお忘れなく、殿下。わたくしは愛している者に愛されるためならなんでもしますのよ」

毒々しい紅を差した口で、にいっと嗤う女は不気味なことこの上ない。

女は葡萄酒《ぶどう》が入った杯に果実を入れながら、話を続ける。

「知っていてよ。殿下が今、窮地に陥っていることを」

「ああ。知らない人など少ないだろうね」

苛立ちを露わに冷たく言うと、女はふふっと笑った。

「わたくしのお腹には今、赤子がおりますの」

「……」

「わたくしを罰するのなら、わたくしはこの赤子の父は殿下だと言いますわ。そうすれば、たちまち周囲は動き、ジョージアナ公女は一生殿下を許さないでしょう。そうなると、殿下も困るのではなくって？　……ああ、そんなに怖い顔をなさらないで、殿下。わたくしはなにも公女様を差し置いて、皇后になろうとしているわけではありませんのよ。ただ、わたくしを殿下のお側に置いてくだされば良いのです。望みはそれだけですの」

勝利を確信した女の醜い表情に、反吐が出そうだ。

（僕を凌ぐほど浅はかな人だな）

女のお腹に赤子がいることも。

それが侍従の子だということも。

下の者の報告によって既知の情報である。

それに手も打ってあるので、どれだけ女が喚こうとも周囲が僕の子だと勘違いすることはない。

(前侯爵は女の趣味が悪い)

これだけ皇太子である僕に警戒されていて、どうして事実を隠し通せると思ったのか。皇族を莫迦《ばか》にし過ぎである。

これ以上の話は時間の無駄だと、今度こそ騎士に彼女を連行するよう命じようとした。

その時である。

「まあ、それはおめでたですわね。ラリー前侯爵夫人」

「……なんで」

ジョージアナが地上に舞い降りた女神の如く、気品ある優艶《ゆうえん》な微笑を張り付けて僕の側にやってきたのは。

◆ ◆ ◆

本当は殿下の元に戻るつもりなどなかった。

殿下に言われた通り、エドワード様と一緒に屋敷に戻ろうと思っていた。

しかし、どうしても忘れられない。

殺伐《さつばつ》としたあの雰囲気、隠しきれていない殺気と憎悪を織り交ぜた声色、強張った表情のまま私の側から離れて行った殿下。

殿下が苦情を入れた客人に会いに行かれる時点で、普通ではない事が起きたということは理解できたが……

(心配だわ)

今から対峙する客人が並々ならぬ相手だということを、殿下のあの背中が如実に表していた。

(まるで親の仇に会いに行かれるようだった)

私はぐっと拳を握り、エスコートをしてくれていたエドワード様を見た。

「あらやだ！　私ったら忘れものをしてしまったみたいだわ」

「畏まりました。すぐに侍従に……」

「いいえ」

私はエドワード様を手で制し、ゆったりと微笑んだ。

「自分で取りに戻ります」

エドワード様は殿下の側用人歴が長く、敏感なお方だ。騙された振りはしてくれても、本気で騙されることはないだろう。

だから彼の返事を聞かず、私は元来た道を戻った。

かくして私は、殿下を激昂《げっこう》させた張本人にお会いすることができたのである。

勝利の興奮を隠そうともせず私を見るラリー前侯爵夫人と、爆弾発言を聞かれたと顔面蒼白で私を呆然と見つめる殿下を敢えて無視し、私は彼女の前にある椅子に腰をかけた。上級店員が果実水を新しい杯に注ぐのを眺めながら、極めて穏やかに聞く。

「それで誰の子ですって？　夫人」

渋みと仄《ほの》かな甘みがある果実水は、余興の最高のお供である。

ここに珈琲《コーヒー》プリンがあれば最高の肴になるのだが……私は招かれざる客なので我儘《わがまま》はいけない。

私の質問に、夫人は艶美《えんび》に微笑みご丁寧にも教えてくれた。

「殿下の子です」

「まあ、ご冗談を」

「本当ですわ。一年後には眩《まばゆ》い金髪を持った子が誕生するでしょうね。男児だったら第一皇子となるのかしら」

「……必要であると判断した場合、妃として身分ある女性に殿下の子を産んでもらうことを望みますわ。ですが、それは少なくとも夫人、あなたではありません」

「それこそ面白くない冗談だわ。わたくし以外に誰が相応しいと仰るのです」

その言葉に私は優雅に微笑む。あれこれ策を弄《ろう》した結果がこれか。

（余興にもならない）

私は足を組み、今にも倒れそうな面持ちで私たちを見ていた殿下に問うた。

「殿下、未亡人が面白いことを仰っておられますが、これは真実ですか？」

すると殿下ははじかれたようにぱっと頭をあげ、沈痛な面持ちで訴えるように言った。

「真っ赤な嘘だ、裏も取れている」

「でしたら、どうして夫人はこんなことを仰るのでしょうか。荒唐無稽《こうとうむけい》な物語にしては、些《いささ》かお戯《たわむ》れがすぎるのではなくて？」

「夫人の勝手な妄言《もうげん》だよ。……信じろってほうが難しいだろうけど……」

それでも信じてくれと、殿下は血を吐くような切ない声で仰った。

それに私は微笑んで頷いた。

「殿下、あんまり見縊《みくび》ってもらっては困ります。殿下が弁解なさらずとも、端からこのような戯言など信じておりません」

感極まる表情をなさった殿下を一瞥《いちべつ》し、「それにしても」と私は続ける。

「本当に愉しませてくれる貴婦人ですこと。死に急ぐ要件でもできたのかしら」

杯の中で紅く揺れる果実水を眺めながら、ゆったりとした穏やかな口調で訊くと彼女は余裕綽々《しゃくしゃく》といった表情を崩さず微笑んだ。

「まあ！　わたくしを侮辱《ぶじょく》するなんてあんまりではありませんか」

「いい加減に」

「侮辱《ぶじょく》だなんて。とんでもないことですわ、私こう見えてもとても感心していますのに」

私はそっと殿下を制し、大笑いしそうになるのを堪えながら夫人を見つめる。

「夫人はたった今、皇族侮辱《ぶじょく》罪及び次期皇太子妃侮辱《ぶじょく》罪、偽証《ぎしょう》罪という大罪を背負われたのに、笑顔でお酒なんて嗜《たしな》んでいらっしゃるもの。神とて驚く心の強さですね」

「なっ⁉」

私はこくっと果実水を嚥下《えんげ》すると、ゆるりと目を細め囁くように言葉を紡いだ。

「蛾が蝶になろうと足掻く姿……みっともなくって、愚かで、愛らしいわ」

でも、と続ける。

「私、莫迦《ばか》は嫌いなの。殿下のお側に侍るということは私に仕えるということを意味するのだけれど……その本当の意味を分かっていて？」

私は机の上に置いてあった果物を勝手に口に入れながら、含み笑いを零す。

「ああ、ごめんあそばせ。お花畑にお住みの夫人には分かりませんわね」

明らかな嘲りを受けたと分かったのだろう、夫人は憤慨《ふんがい》した。

「いくら公女様でも口がすぎるのではなくて？　悔しいのは分かりますが」

その言葉に一瞬、はしたなくも口に含んでいた果実水を吹き出しそうになった。

「悔しい？　私が？　なぜ？」

私はすっと鋭い刃の切っ先を当てるように、彼女を見つめる。

「全く烏滸がましい方ですわ。殿下は最初から私の婚約者であり、私の未来の夫。たとえ、あなたに甘い言葉を囁いていても、あなたに素敵な夢を見せてくれていても、その瞬間でさえ殿下が夫人の殿下だったことなど、一度たりともなくてよ。殿下との未来を約束された私と、一時の気まぐれに利用された夫人《玩具》……どちらが憐れなのか一目瞭然ではなくて？　なのに、何故私が悔しがらなくてはならないのかしら」

おかしな話もあるものねと嗤《わら》うと、彼女の顔から笑顔が消えた。

◆　◆　◆

（人ってこんなにも心が砕けそうなこと、あるんだな……）

僕は艶美《えんび》に微笑み、優雅に女を詰《なじ》るジョージアナをぼんやりと見上げながら、他人事のように思った。

まるで冷たい泥沼の底に沈められ、胸に無数の針で刺されたかのような痛みが走った。

（僕はなにを己惚《うぬぼ》れているんだ……）

ジョージアナは僕を信じているわけではない。

ただ、皇族という尊い血筋に夫人の血を入れたくなかっただけ。

つまり僕が他の女との間に子を作っても――絶対に有り得ないけど――彼女は嫉妬するどころか「おめでとうございます」と微笑む可能性が多いに有り得るということである。

そう考えるだけで、胸を掻きむしりたくなるような激痛が襲い、体中を這うような気持ち悪さを覚えた。

もっと、ジョージアナという人間そのものを見ようとしていたら。

甘美な愛情に驕らず、ジョージアナと向き合っていたら。

ジョージアナの言葉も、その重たさも、僕の立ち位置も、大きく違っていただろう。

(情けない)

ただ、次期皇太子妃としての威厳と優雅さを遺憾《いかん》なく発揮しているジョージアナを、喜劇を観ている客の如くぼおっと見ていることしか、許されない。

後悔、羞恥、そんな軽い言葉では済まされないなにかが僕を侵食していく。

「公女様は」

目の前が暗くなり、呆然自失としていた僕の耳を霞めるのは女の甲高い声。

「なんでも持っていらっしゃるではないですか。少しだけでいいのです、わたくしに分け与えてくださってもいいでしょう？」

「殿下は物ではありませんもの、分けることなんてできませんわ」

「どうしてそんなにも心が狭いのですか？　なにもかも独り占めだなんて……なんて汚い方なの！」

「なにを言っている？」

僕はその言葉に思いきり机を叩いた。硝子製の机には大きな罅《ひび》が入り、女が恐怖で鋭く息を呑んだのが分かった。

汚い？　ジョージアナが？

全ての感情を呑み込み、この帝国のためにその身を捧げ尽くす決心までしたジョージアナが汚い？

「で、んか？」

「汚らわしく、心が狭いのは夫人の方だろう？」

思ったよりも低く、地を這うような声が空気を切るように出る。

しかし気になどしていられなかった。

ジョージアナほど高潔で美しく、穢《けが》れを知らぬ女性はいない。

ジョージアナほど素晴らしい女性はいない。

(だというのに)

無知蒙昧《むちもうまい》な社交界の恥晒しの分際でなにをのたまうのか。

「未来の皇后によくそんな言葉を発せたものだね、感心するよ。ジョージアナの言う通り、死に急ぐ要件でもあるのかい？」

「なっ⁉　殿下まで！　あんまりですわ！」

顔を真っ赤にして無礼な言動を慎まない痴れ者を、僕は思い切り感情を露わにして睨む。

「口を謹んでくれないか。ただの元家臣の妻の分際で僕たちの時間を奪うなんて、夫人も随分偉くなったものだ」

すると女は罰の悪そうな顔をしながらも、不気味に微笑む。

「だってわたくし」

僕はこの女の戯言をこれ以上、ジョージアナに聞かせたくないと遮った。

「最後にもう一度、言う。僕は一度だってあなたと食事を共にしたことも、ましてや一夜を共にしたこともないよ。誤解を招く行動もしていない。したがって僕に愛されている、僕の子を身籠《みごも》っているなんてことは全て妄想であり、真実であるはずがないんだ」

僕はジョージアナに訴えるかの如く、ゆっくり言う。

「よってあなたの言動は、大罪になる。でも、ラリー前侯爵の寵愛《ちょうあい》を得ていた貴婦人だからと注意勧告や罰金程度にとどめておいたのだけど……ジョージアナを愚弄《ぐろう》するなら話は別だ」

僕は女の元へと行き、見下ろす。

彼女は引き攣《つ》った顔で、しかしまだ希望を灯らせ僕を見つめた。

この期に及んでまだ無駄な期待を抱いているなんてどこまで醜い女なのだろう。

(反吐が出る)

ジョージアナを守ることに重点を置くべきだった。

身分や故人のことを考えている場合ではなかったのだ。

(謝っても、謝っても、謝りたりない)

「ラリー前侯爵夫人アビゲイル、あなたはこの時をもって大罪人アビゲイルだ」

もっと早くこうしておけばよかったという後悔と、己への軽蔑と失望が、初めて融合し僕を支配した瞬間であった。

◆　◆　◆

幼い頃、私は私ほど幸せ者はいないと思っていた。

たとえ、私を家の駒としてしか見ていないお父様がいても。

たとえ、私を美しき人形としか思っていないお母様がいても。

たとえ、私を邪魔な妹だと侮蔑《ぶべつ》してくるお兄様がいても。

隣に私の愛する人がいてくれるなら、それは至極の喜びであり幸せであった。

(でも違った)

人生とはそう甘いものではないのだと。

絶望と悲痛に濡れた心から流れ出る血を味わった時に、悟った。

——だから私は感情に従うことを諦めた。

（なのに）

区切りをつけてから殿下の言動がおかしくなった。

私に愛を紡いだり、私の愛を乞うような真似をしたり、私に謝罪をしてみせたり……

ついには上位貴族の寵愛《ちょうあい》を受けていた有名な貴婦人を、公的な罪人として告発した。

これにより周囲からの殿下の印象はがらりと変わった。

若くお優しい人畜無害《じんちくむがい》な皇太子様から、紳士さと冷酷さを兼ね備えた次期権力者となり、貴族界隈にも衝撃を与えたのだ。

（当然よ。貴婦人を公的に罰するなんて、穏やかな話ではないわ）

しかし、それだけで留まれば良かったものの、大手新聞社が『血は争えない!? 皇太子殿下の溺《でき》愛《あい》！』などとふざけた見出しの新聞を世に出したことによって、私は殿下からとても大切にされている公女として名を馳せることになってしまったのである。

（余計なことを書いてくれたわ）

というのも、皇帝陛下は今は亡き皇后陛下をそれは深くご寵愛《ちょうあい》なさっておられた。彼女以外の妃を娶《めと》らないと公の場で宣言したことで、多くの臣下が頭を悩ませていた……という話を知らぬ者はいないだろう。

そんな陛下の血を受け継いでいる皇太子が公女を溺愛《できあい》ともなれば、貴族平民問わず多くの者が注目するのは当たり前のことなのだ。

——当然、社交界だけに収まらず……

「ジョージアナ公女様！」

「殿下にあれほど愛されていたなんて、存じ上げませんでしたわ。どうして教えてくださらなかったのですか！」

「お似合いのお二人ですもの。今思えば当然のことですのに、気づけなかったなんて恥ずかしいですわ」

学園に到着するや否や、物凄い数の女子生徒に囲まれ質問攻めにあった。

幸い、授業開始ベルがすぐに鳴り響いたので難を逃れることはできたが、ずっとあやふやに微笑んでいるわけにもいかないだろう。

毅然《きぜん》とした態度で対応に当たらなければ、要らぬ憶測を生むだけ。

（でも、困ったわ）

事実であって事実ではないので、否定も肯定もできないのだ

これほど難しいことはないだろう。

私はこっそり重いため息をついた。

◇　◇　◇

「ジョージアナ……すごく疲れているように見えるよ。今日はもう休んだほうがいいんじゃないかな」

「……お気遣い感謝します。しかし、殿下のほうこそ体調がよろしくないように見えますわ」

「……この書類の山じゃあ、体調も悪くなるよ」

生徒会専用の部屋に置かれてある机の上には、埃《ほこり》を被りつつある書類が置かれてある。生徒会に所属している者からの報告書や生徒会費についての書類、また学園行事の企画書など、書類内容は多岐に渡り、それを全て殿下は確認する必要があるのだ。

私もげっそりしながら、じいっと溜まった書類を眺める。

普段ならここまで疲労困憊《こんぱい》することはない。

件《くだん》の噂のせいで、私だけではなく殿下も質問攻めにあっただろうことは、安易に想像がついた。

「噂を止める術はないのですか……」

私が書類の埃《ほこり》を払いながら思い出したように問うと、殿下は小さくため息をつきながら答える。

「……人の口に戸は立てられないよ」

それに、と続ける。

「僕がジョージアナを愛しているのは本当のことだし」

照れながらも真摯に言う殿下に、私はすっと視線を逸らす。

「……何度も申し上げますけれど……私は殿下のことはとても大切です。しかし、それは恋情ではありません」

「きっぱり言うね……」

殿下は乾いた声で苦笑し、私は震える息を吐き出す。

「本当のことですもの」

「……心得ているよ」

殿下は口元こそ綻ばせていたものの、その麗しい目元は沈痛に歪んでいる。

その表情を見た瞬間……心の髄に稲妻が走ったかのような痛みに襲われたが、束の間の感情だと黙殺することにした。

「だけど」

殿下は歌うように優しく言葉を紡ぐ。

「僕はあの時……ジョージアナが来て正直、誤解されるかもとかなり焦った。でも、信じてくれてそれだけは嬉しかった」

「限定的ですね」

私の言葉に殿下は微妙な表情を作った。

「必要とあれば、別の女に子を産んでもらうって言われてしまったから、それは喜べないよ」

(なにを仰っているのかしら)

少なくても、あれだけ令嬢を侍らせていたお方が言っていい言葉ではないだろう。

呆れるべきか、笑うべきか、真剣に迷っている私を他所に、殿下は続ける。太陽の光のような温もりを想像させる、優しい声であった。

「その時、もう引き返せないぐらい、ジョージアナという人を愛しているんだなって実感した」

それと同時にと、やや湿った声で続きを紡ぐ。

「ジョージアナをずっと裏切ってきた自分が情けなくなった。自分で自分を殺せるならどれだけ良いだろうって思ったよ」

野蛮かつ衝撃的な発言に目を丸くする私に、「正気の沙汰じゃないだろう」と吐き捨てるように殿下は仰った。

「ジョージアナは前、僕に言ってくれたよね」

殿下は一瞬、躊躇《ためら》うように唇を噛んだ。

「僕が身分を失っても、顔が爛《ただ》れても、足がなくなっても、愛していたって」

「……はい。申し上げました」

「その気持ちを漸《ようや》く、理解した。僕は今、ジョージアナに対して全く同じことを思っている」

どうしようもなく愛していると、悔しそうに呟くその姿は、かつての私を見ているようだった。

——もし、私が身分を持たないただの女になり果てたとして。

殿下はそれでも私を愛すと言ってくださるのだろうか。

「……」

きっと答えを知ることは永遠にないだろう。

しかし、これだけは言える。

あの時の私の覚悟と、殿下の覚悟は明らかに違う。

(愛を葬るための言葉と、愛を乞うための言葉が同じであるはずがないわ)

しかし、そのようなことを殿下に申し上げられるはずもなく。

「お気持ちは有難く頂戴いたします、殿下」

ですがと、私は目線を下げながら続けた。

「私は殿下とは政治的な関係でありたい思っております。お互いがお互いを尊重し支え合う、確固たる約束の上で成り立つ夫婦でありたいと」

ですから、その想いにお応えすることはできませんと。

申し上げたあとに言いすぎたかと後悔したが、殿下は驚きこそすれ嫌がったり面倒臭そうな表情はなさらなかった。

「分かっているよ。ジョージアナにとって良い夫になれるよう尽力する」

殿下は蜂蜜のような甘さがある声でそう仰ると、私の手をそっと掴み、その甲に唇を落とした。

まるで誓いますと、そう仰っているような口付けであった。

◇　◇　◇

殿下にお会いするまでの私の人生は、決して温かなものではなかった。幼いながらに諦めという言葉を実感するぐらいには、達観した子どもらしくない子どもであった。

それでも、子どもというのはどこまでも子どもである。

両親から愛されたいと泣いた日もあれば。

その手で私を抱きしめてもくれぬ彼らを、もう嫌いだと詰《なじ》りたい気持ちを押し殺した日や、全てに絶望した日もあった。

「おまえは素晴らしい妃になる」

そう言って褒めてくださるお父様の目に私は映っておらず。

「誰に見られても恥ずかしくない公女になりなさい」

そう言って微笑むお母様は私を見てなどおらず。

「触るな、莫迦《ばか》がうつる」

そう言って伸ばした手を憎悪を込めて跳ねのけたお兄様の目を、見ることなど叶わなかった。

なんでも持っている公女様。

お金持ちでお美しい公女様。

皆は羨望と妬《ねた》みを編み込みながらそう賞賛するけれど、実際の私はなにも持っていなかった。

空っぽだった。

だから殿下が、私《ジョージアナ》を見てくれたことが堪らなく嬉しかったのだ。

私が次期皇太子妃になると決定した日の夜。正直不安でいっぱいだった。

毎日のように行われる令嬢教育の賜物か、幼いながらも妃という立場がどういうものか理解していた。

妃というのはどれほど過酷で孤独な職業なのかも、理解していた。

(次期皇太子妃に選ばれた。光栄なこと)

なのに自信がなかった私は、逃げ出したくてたまらなかった。

そんな私の苦悩を汲み取って、隣に座っていた殿下は私の片手をそっと握り、あどけない笑顔を見せてくれた。

「不安そうにしているけれど、なにもジョージアナばかりが頑張る必要はない。僕と一緒に頑張ればいいんだ」

「殿下……」

「僕は父上のような君主になりたいと思っている。その側で、ジョージアナが僕のことを支えてくれたら嬉しい」

殿下にそう言われた時、私は将来に心を煩《わずら》わせ、未来を憂いている己が恥ずかしく思えた。

そんな私とは対照的に、次期皇帝という重荷を背負わされているのにもかかわらず自信と勇気に溢れている殿下の姿を見て、畏敬《いけい》の念が生まれた。

賢帝と名高い皇帝陛下のような主上になった殿下は、どれほど素晴らしく、どれほど眩《まばゆ》く見えるのだろうか。

太陽の光の如く煌めく笑顔を見せる殿下の美しいこと。私はその輝く美々しさに誘われるように頷いた。

――今思えば、その時に恋に堕ちたのだろう。呆気なく、みっともなく、愚かにも。

(このお方の隣にいたい)

宝石が散りばめられた玉座に威風堂々《いふうどうどう》と座る皇帝となった殿下は、私などが触れることさえ許されぬほど、尊く神聖さを感じさせる存在であるに違いない。

純粋無垢な私はひたすら殿下が誰もが褒めたたえる賢帝になる姿を想像し、心を躍らせたものであった。

その二年後だったか。

皇后陛下が病でこの世を去り、陛下を先頭に国中が悲泣の声に溢れた。

皇后陛下の亡骸に、殿下がぐっと涙を呑んで白百合の花を供え、陛下はそんな殿下の手を握っていた。

(これ以上殿下が悲しまなくていいように)

私も白百合の花を彼女の麗しい顔の隣に飾りながら、小さい決心をした。

「殿下」

「……なんだい？　ジョージアナ」

私は自室にいると聞いた殿下の場所へと向かい、彼の隣に座った。

そして絶望と悲痛に喉をからし、呑んで呑んで呑んだ涙を、切れた唇から赤くなって垂らすことで、己の感情を逃している殿下の手をそっと握り、血が滲んでいる唇を指で拭った。

「泣かないのですか」

同じく悲しみに沈んだ声で静かに問えば、殿下は頷いた。

「泣けば母上が失望される。父上だって、人前で泣かれることはないんだ……」

「私の前でなら……泣いても誰もなにも言いません」

白百合の花束を手に提案する。

「一緒に、お墓を作りませんか。皇后陛下の死を悼むためのお墓ではなく、皇后陛下への感謝と愛情から作る、私と殿下だけのお墓です」

「……墓？」

「そうです。そこでなら私しかお側におりません。泣いても、叫んでも、誰も幻滅も失望もいたしませんわ」

そこでやっと、やっと小さな涙を零した小さな皇太子を。

私は抱きしめることしかできなかった。

「――あのあと、彼がなんて言ったのかは覚えていないのだけれど」

その半年後には皇后陛下のために建てられた離宮に赴き、お墓を建てた。

とてもお墓と呼ぶにはおこがましいそれは、けれど確かにお墓であった。

そして、白百合の花束を手に毎年そのお墓に行くことが、私たちの習慣と化すのにそれほど時間はかからなかったのである。

(懐かしい)

決して穢《けが》れることのない、哀しくも美しい記憶の一頁である。

「？　なにか仰いましたか？　お嬢様」

私の独り言に反応したジェーンに、私は「いいえ」と微笑んだ。

◆　◆　◆

春の訪れを示すようにほんのり暖かく、どこか樹木の匂いを漂わせているこの頃は、図書館や教室、食堂などで勉強に勤しんでいた令嬢たちが庭などに出ては、楽しそうに会話に花を咲かせている。

それもそうだろう。

昨日でやっと煩《わずら》わしい試験も終わり、あとは卒業式を待つだけとなったのだから。

和気藹々《わきあいあい》と楽しそうな彼らをぼおっと見つめていると。

「……！」

ジョージアナの姿を見つけた。

僕は窓に近づいて、彼女の姿を目で追う。

防寒具を身に着け、まるで自由を得た蝶の如く雅に庭園を歩きながら、友達たちと仲良く戯《たわむ》れている様子は愛らしく、胸がきゅうっと締め付けられるような感覚になる。

彼女は太陽に照らされた煌めく美しい金髪を靡《なび》かせ、無邪気に心底楽しそうに笑っている。

（可愛い……）

その笑顔に癒された刹那、彼女の笑顔を初めて見たことに気づいた。

少なくても、婚約関係を結んでからは一度たりとも無邪気な笑顔を見たことがない。

僕は震える手でカーテンを握り、彼女の笑顔を目に焼き付けるように見つめる。カーテンが皺を作り、耳障りな悲鳴を上げるがそれさえ気にならなかった。

（あ……）

大声を上げて笑っている……

そこには毅然《きぜん》とした態度を崩さない凛々しい公女ではなく、友達たちと仲良く過ごす愛らしい少女がいた。

「見たことがない……そんな笑顔……」

僕は前髪を掴みながら、名前の付けられない息苦しさに悶《もだ》えた。

長年、ジョージアナの婚約者として彼女の側にいながらそんなことにでさえ気づけない。

どうしてこうも己は無能で愚かなのか。

「なにが聡明な皇子だよ……」

大切な婚約者一人大切にすることもできず、結婚を間近に控えている今もこうして愛しい人を窓越しに見つめることしかできない。

僕は誰もいない冷たい教室をそっと退室した。

――僕が初めてジョージアナと会ったのは、お互い礼儀作法を身に着けて間もない幼い頃だった。

「初めまして、ランドン皇太子殿下。クロローム公爵の娘、ジョージアナにございます」

薄紅色のドレスを広げ、恭《うやうや》しく頭を下げるジョージアナは堂々としており高潔さを感じさせる少女だった。

初対面であるというのに、決して穢《けが》れを被ってはいけないような、神秘さをも感じさせるこの少女は、女神なのではないかとさえ思ったほどであった。

軽く挨拶を交わしたその後、母と公妃はお茶会で話に花を咲かせ、僕たちは二人きりで皇后宮の広大な庭園を散歩することになった。

一体幼い男女になにをしろというのか……

その不安と緊張がジョージアナにも移ったのか、暫《しば》し重たい沈黙が降りる。だがそれも、側にやってきた野良猫に彼女が気づいた時に、跡形もなく消えた。

その野良猫は彼女の薄紅色のドレスを泥で汚し、驚かさないようにか、猫を撫でようとする彼女の手をゆっくりと舐めたのだ。

「！　まぁ、どこから……！　殿下、公女様、申し訳ございません。すぐに……」

「あら、どうして？」

後ろに控えていたメイド達が、慌てて野良猫を追い払おうとすると、彼女は自身の手を舐めている猫をもう片方の手で撫でながら、極めて静かに問うた。

メイドたちは泥だらけで、耳の先端が欠け、悪臭を放つ猫を汚物を見るような目で見る。

「触ってはいけませんわ、公女様。汚いですよ……」

「汚い？」

彼女はなんの躊躇《ためら》いもなく猫を抱き上げると、花が咲くような優しい笑みを浮かべた。

「そうかしら、とっても綺麗な毛並みだと思うわ。殿下もそう思いませんか？」

澄んだ声で同意を求められ、僕は咄嗟に頷いた。

別に猫のことをどうと思っていたわけではない。どこから入ってきたのかは気になったが、特段綺麗とも汚いとも思わなかった。なのに何故頷いたのか。

それはひとえに、彼女の不興を買いたくないという気持ちからだった。

それから間もなくして、耳の欠けた猫が彼女の寵愛《ちょうあい》を一身に受けている様子を、見るようになったのである。

(今思えば、あの時既に答えは出ていたな)

なのに、どうして彼女を愛していないと思い込み、蔑ろにしたのか。

聡明で愛情深い令嬢だと、初対面の時に気づいていたのに。

しかし、後悔に塗れた愛など彼女に響かない。それは先日、彼女の表情を見て悟った。

「それなら、僕のやり方ではなく、彼女が好ましく思うやり方で……」

失ってしまった信頼の欠片を集めていくしかない。

◆　◆　◆

テストも終わり、ほうっと一息ついたある日の昼下がり。

「……チケット？」

「はい。『花咲く君は妖精だ』という舞台だそうですが……。お嬢様、こんなふざけ……こほん、夢々しい舞台を観に行きたいと、旦那様におねだりを？」

私は若く美しい男女が描かれているチケットを片手に、首を横に振った。むしろ、このような演目を観に行きたいと思ったことがない。

(とっても能天気な題名ね)

中央にある劇場の名が記載されているので、有名な女優たちが主演なのだろう。だとしても、

『花咲く君は妖精だ』など……完全に恋人、もしくは夫婦が観に行く恋愛物語の劇なのではないか。

「お母様への贈りもの《プレゼント》ではなくって？」

「いいえ。旦那様はお嬢様の侍女である私にお渡しになったので、間違いはないかと」

「確かに、お母様の侍女と私の侍女を間違えるはずがないわね」

（けれど、意図が分からないわ）

お父様は、野心家で打算的な思考をお持ちの方である。率直に言うと食えない方だ。

そもそも私が皇族の一員になるのも、陛下が父の政治的手腕を認め、警戒しているからというのも大きい。爪を隠す獰猛《どうもう》な鷹には首輪をつけて、手懐けておくのが得策であろう。

（血をもって制す）

狡猾《こうかつ》な貴人の考えることは実に単純明快である。

私はため息を押し殺すように紅茶を飲み、ジェーンに質問する。とは言っても、愚問ではあるが。

「ジェーン。これはペアチケットと書かれているけれど、お相手はどなたかしら」

「旦那様が同行されると仰せです、お嬢様」

「お父様が、ねぇ」

私は硝子製の杯の中に苺を一つずつ入れながら、口角を上げる。

一体どんな裏があるのか暴露される前に暴いてみるのも、一興であろう。

◇◇◇

「なんだ。食べないのか」

「……有難くいただきます」

「寒くはないか」

「……はい、ジェーンが毛布を持たせてくれたので」

「開幕まで時間がまだある。暇つぶしのものは持ってきたか」

「……はぁ。ええと、舞台は久しぶりですのでなにも」

「そうか。おまえは色々、本当に色々頑張ってきたからな。皇太子妃になればおいそれと舞台を観る機会もなくなるだろう、じっくりと楽しみなさい」

「……はい、お父様」

何故か妙に優しい面を見せるお父様に、思わず怪訝《けげん》な眼差しを送ってしまう。

(死ぬ病でも見つかったのかしら)

そんな不謹慎なことを考えてしまうぐらい、普段のお父様からは想像もつかないほど優しい。

いつもは目を合わせても挨拶を交わすか、簡単な質問をされるぐらいである。勿論、成長するにつれて質問内容は変わっていったが……

だからこそ、侍女を通して恋愛物語の舞台を一緒に観に行こうと誘われた時、即座になにか裏があると勘ぐった。

（なんだか、逆に怖いわ……）

悶々《もんもん》と考えを巡らせる私の頭を、お父様は何故かそっと撫でた。さながら家宝に触れるような丁寧な触り方だったので、私は言葉を失いお父様を見上げる。

「どうした。そんなに驚いて。いやだったのか」

「い、いいえ……ですが、髪用の香水をつけております。手に匂いがつきますわ」

するとお父様はふ、と微笑んだ。

「構わん」

「……左様ですか」

「それよりも、この舞台の筋をしっかり理解しろ。きっと勉強になる」

固い声でそう言われ、私は浮ついた気持ちを速攻抹消し切り替える。

普段よりお優しいお父様に惑わされてはならない。

この舞台を私に見せるということはやはり「夫婦とは、恋愛とはこういうものだ。おまえも広い心で殿下を許せ」という、お父様なりの警告であり叱責なのだろう。

（ご期待には沿えないけれど、なにか学べることもあるかもしれないわ）

私は座りなおし、荘厳《そうごん》な造りで劇場そのものの豪華絢爛《けんらん》さを象徴する紅いカーテンを見つめながら、静かに言った。

「畏まりました。お父様」

お父様が私の言葉に頷く。それと同時に、開演五分前であることを知らせるブザーの音が会場を包んだ。

劇の内容は特段難しいというわけではないが、良い意味でも悪い意味でも観ている側を裏切るような構成になっていた。

物語は、愛し合って結婚した夫婦が仲睦まじく生活している場面《シーン》から始まる。

他の女と通じた夫が、妻から離縁を切り出され、別れてから妻への愛に気づき永遠に元妻に懺悔をしながら愛を謳《うた》い生きていくという現実的で浪漫《ロマン》のない話であった。

こうして筋書だけを見ると、観る人によっては不快な内容だと思われるかもしれない。だが、圧巻の歌や美麗な踊りでその不愉快さは覆い隠され、実に面白おかしく仕上がっていた。

（まるで殿下と私のよう）

軽やかに踊り、金糸雀《カナリア》のような美声を轟かせ、見事な演技を披露している彼らを眺めながら私はふとそう思う。

違うのは、簡単に離縁できることぐらいだろう。物語だからこそ許される自由。

その自由が羨ましいのか。それとも私たちにその自由がないことに、安堵しているのか。

私にはどちらなのか、もはや分からなかった。

◇　◇　◇

その夜。

「今日はお父様と一緒に舞台を観に行ったんですってね、ジョージアナ。楽しかった？」

家族で夕餉《ゆうげ》をとっていると、突然お母様が弾んだ声で聞いてきた。

「はい」

私が無難な言葉で返事をすると、お母様は至極満足そうに笑みを深くする。

「題名は確か……『花咲く君は妖精だ』だったかしら？」

「おい、冗談だろう。なんだその題名は」

珍しく屋敷に戻っていて隣で子羊の肉に食らいついていたお兄様が、驚きの声を上げる。薬の開発が終わり、お父様のお小言を受け、屋敷に頻繁に顔を出すようになったお兄様は、やはり相変わらずであった。

案の定、礼儀作法に厳しいお母様が眉を顰《ひそ》めた。

「お行儀が悪いわよ、デリック。お口の中のものを飲み込んでから、話しなさい」

「母上、そういう問題ではありません。結婚を控えた令嬢が、父親と観に行くような内容ではないじゃないですか。恥ずかしくなかったのか、ジョージアナ」

なにを考えているのだとばかりに私を見てくるお兄様に、私は子羊の肉をナイフで丁寧に切り分けながら、艶やかに微笑んだ。

「いいえ、全く」

「は……？」

「お兄様のご想像なさる内容とはかけ離れている物語でしたので、それほど気になりませんでしたわ」

「だとしても恋愛物語を父親となんて……」

「まあ。それは偏見というものですわ、お兄様。私はきっと、お兄様とご一緒しても楽しんだと思います」

ゆらりと嗤《わら》うと、お兄様はぱっと顔を背けた。

「あらあら」

するとその光景をなにを勘違いなさったのか、お母様が嬉しそうにくすくす笑う。

「ジョージアナ。次はデリックと行ってやってちょうだい。あなたが皇太子妃になる前までに、お母様が別のチケットを手に入れておくわ」

「母上……。どうしてそう間違った解釈を……」

「いいじゃない。兄妹同士、仲良くしておいて損はないでしょう」

（今更、兄妹で仲良くなんてできませんよ、お母様）

そう思ったが、口にはしなかった。お父様も一緒にいらっしゃるこの食事の席で、お母様の不興を買うような真似はしないほうが良いと私は判断したのである。

するとお母様がはっとしたように手を叩き、「そうだった！」と瞳を煌めかせた。

「そう言えば、すっかり忘れていたわ。私、今日侯爵夫人のお茶会に参加したの。その時に東の国のお菓子をいただいたのよ。このあと、皆でお茶をするのはどうかしら。なかなか手に入らない輸入品らしいわ。夫人曰く絶品なんですって。あなた、構わなくて？」

お母様の提案に、お父様が優しく微笑む。お母様だけに見せる、愛情と信頼の証だ。

「ああ、そうしよう」

「名案ですね、母上」

お母様の提案に、お父様もお兄様も応える。かくいう私はフォークでお肉を刺しながら、考えていた。

(東の国のお菓子……)

そそられるか、そそられないかと問われればそそられる。時々口にする東の国のお菓子は、上品で美味だ。甘すぎず、塩加減も良い。

だが、己にとってなにが大切でなにが必要なものなのか。吟味するまでもなかった。

「……申し訳ございませんが、私は遠慮させていただきますわ」

「……え？」

お母様の笑顔が固まり、お父様が驚いたような目で私を見てきた。

だが私は我関せず席をたち、私に苦言を呈そうとするお兄様を微笑で制す。

「久しぶりに舞台を観て、興奮してしまいました。そのせいか、とても疲れているのです。万が一なにか粗相をしてしまったらいけませんので」

そう言うと恭《うやうや》しくお辞儀をし、控えていたジェーンに目配せする。優秀な侍女は心得たというように頷き、私の側にやってきた。

「それではお先に失礼いたします。おやすみなさいませ」

◆　◆　◆

ため息が出るほど優雅なカーテシーのあと、娘は柔らかく微笑み退室した。

その姿を見つめながら……どこで間違えたのだろうかと、深く暗澹《あんたん》たる後悔という谷に突き落とされながら、ぼんやりと記憶を辿った。

ジョージアナは、他の令嬢の中にあっても一際精彩を放つ子だった。

立てば芍薬《しゃくやく》、座れば牡丹《ぼたん》、歩く姿は百合の花……まさにそれを体現しているような娘。それに加え、蘊奥《うんのう》を極めたデリックと肩を並べられるほど、賢い娘であった。

（この子こそ、国母に相応しい）

愚かなことに私は、娘の幸せは国の頂に立つ主上の妻になることだと、信じて疑わなかった。

だからこそ、厳しく育てた。

令嬢とは、公女とは、妃とは。どういうものなのか、骨の髄まで理解する必要があったのだ。

喰わなければ、喰われる世界。

劣悪で小汚い感情が渦巻く世界で生き抜くためには、美しい刃と毒ある棘を持つ必要があったのである。

「殿方というのは、他の女性に目移りをしてしまうものなのよ」

月日が流れ、ジョージアナが学園に通うようになったある日。

殿下の華やかな女性関係に悩んでいた娘にかけた言葉は、今思えば無責任で残酷なものであった。

「確かに、陛下は前皇后を深く寵愛《ちょうあい》なさっておいでだったわ。けれど、それが子に受け継がれるとは限らぬもの。それぐらい、聡いあなたなら分かるでしょう。あなたがこの国一番の高貴な女性になる未来は、どう足掻いても覆らないわ。だから、そんなことで悩まないでちょうだい」

「そういう問題ではないのです、お母様。耐えられないのです。殿下が他の女性と仲良くされるのは構いませんわ、そういうものだと分かっているつもりです。けれど！」

血を吐くように訴えるジョージアナ。

物心ついてから初めて、彼女自身の心情を曝け出した瞬間であった。

その時、私は母として娘の傷に寄り添わねばならなかった。

温かいミルクと甘いチョコを用意させ、血と涙を流して嗚咽《おえつ》をもらしている娘を心ごと抱きしめ、然るべき言葉をかけてあげなければならなかった。

実際、娘をとことん虚仮《こけ》にする殿下に殺意さえ芽生えていた。そして、婚約者を貶める殿下に健気に心を寄せているジョージアナが、不憫でならなかった。

なのに、私はあくまで公妃として娘に接したのである。

――人生最大の過ちであった。

「恋は盲目……ね。いい？　よく聞いて。あなたは公女であり、次期皇太子妃なの。下の者が殿下をお慰めする……そこになんの問題があるというのかしら。あなたは正室として男児《おのこ》を産み、国を導く母になればいいの」

なにも不安に思う必要はないわ、と彼女の頭をそっと撫でた。

すると娘は美しい髪で表情を隠し、歌うように謝罪する。

「……お母様の仰る、通りです。どうやら私、気が動転していたようで……失言をいたしました。申し訳ございません、お母様……」

――その時、娘がどのような表情をしていたのかを見るべきであった。そうしたら、せめてその時に己の過失に気づき、挽回《ばんかい》の余地はあったかもしれないのに。

後日。ジョージアナの失望に塗れた微笑を見た時、超えてはならぬ線を越えてしまったのだと、やっと私は気づいたのである。

母親の仮面を被った私は知らず知らずのうちに娘の心を蝕《むしば》み、蔑ろにしていて。

気づけば、珠のように大切な娘からの信頼と愛情を失っていた……

◆　◆　◆

塵も積もれば山となる。この言葉に嘲笑われる日が来るとは思いもよらなかった。

あれはいつのことだったか……

ジョージアナが泣き腫らした目を覆い隠すようにして俯きながら、図書室にいたのを偶然見かけたことがあった。

「……ジョージアナ？　どうした、そんな目をして……」

驚愕《きょうがく》のあまり、思わずジョージアナの元に駆け寄った。そして、侍女たちが氷やタオルを持っているのを確認し、さらに驚く。

(冷やしても引かないということか？　どれだけ泣いたんだ)

ジョージアナは私の登場に目を丸くしながらも、慌てたように立ち上がり、教育係に教え込まれたであろう美麗なカーテシーを披露する。

先程まで魂が抜けたような、暗澹《あんたん》たる雰囲気を漂わせていた人間とは思えない。実に優美な所作であった。

（それほど辛いのであれば、礼儀作法など必要ないというのに）

だが冷徹にも、残酷にも、そう教えて込んだのは私である。

絶対的な権力を持つ皇帝でさえ、安易に口出しができない公爵家。それが我がクローム家である。

それゆえ、息子と娘を厳しく育ててきた。古狸共《ふるだぬき》が付け入る隙を作ってはいけない、そんな下らぬ理由からであった。

その結果。

デリックは貴族社会を蛇蝎《だかつ》の如く嫌い、己の興味のある分野の世界で生きていくことを望み。

ジョージアナは完全無欠な令嬢として、社交界に女王の如く君臨することとなった。

「ごきげんよう、お父様。図書室になにか御用でもありましたか？　でしたら、すぐにどきますので……」

「ジョージアナ。はぐらかすな」

娘の隣に座ってそう言えば、ジョージアナは悲しそうに呟いた。

「……お父様もお聞き及びでしょう、殿下について」

「……女性関係のことか」

「……はい」

確かに側近の話では、殿下は学園で優雅な生活を謳歌《おうか》していると言う。

娘を蔑ろにして、と憤りを覚えないわけではないが、皇族の男はその性質上、必然的に側室を必要とする。

偶々、今の主上がおそろしいほど前皇后陛下を寵愛《ちょうあい》していただけで、後宮に枯れ葉が舞ったままの時代は殆どなかった。

だから、娘の地位が揺るがないのであればと黙認していたのだが……

(そこまで心を乱すほど、殿下に想いを寄せていたのか)

盲点であった。

「皇太子妃になる人間が、側室に理解がないだなんて愚かなことだと承知しております。けれど、このような地獄の炎にじっくり焼かれているような感覚を、死ぬまで味わい続けなければならぬのかと思うと……とても、爽快な気分にはなれないのです……」

悄然《しょうぜん》とした声色、悲痛と絶望が垣間見える表情、全てが娘の悲鳴《SOS》であることは理解できた。

理解はできたが……それだけだ。

「おまえはそれで、どうしたいのだ。婚約の解消でも願うつもりか」

「！」

図星だったのだろう。ジョージアナの頬が羞恥にほんのり赤く染まる。

「ジョージアナの気持ちも理解できる。私がおまえたちの母を愛しているように、おまえも殿下に心を捧げているのだろう。だが、妃になるということはこういうことだと、学ばなかったわけではあるまい」

するとジョージアナはわずかに瞳を揺らす。

「我慢しなさい。人の上に立つ者になるのだから、色恋如きで運命を蔑ろにしてはならん」

「……それならば、せめて、もう少し私たちが大人になってからの結婚式を、願ってもいけませんか」

——今思えば、それがジョージアナから垂らされた、まだ私が父でいられる鎖だったのだ。

それにジョージアナは本気でそのようなことを、願っていなかったに違いない。ただ、彼女は傷つき血まみれになった己の心を見てほしかったのだ、寄り添ってほしかったのだろう。

公爵としてではなく。

父親として。

だが私は一刀両断した。

「私の一存ではどうにもならない」

「……」

「ジェーンと言ったな」

「はい、旦那様」

私は黙ってしまったジョージアナを一瞥《いちべつ》し、側に控えていた侍女に命令する。

「娘の顔が酷い、もっと氷を使って冷やしなさい。これでは化粧でも隠し切れないだろう」

「……畏まりました」

ジェーンが私を親の仇を見るような、心底侮蔑した目で見上げているのに気づきつつも、咎めることはなく黙って図書室を出た。

(今でも、あの時のジョージアナの表情は忘れられない……)

まるで全ての頼みの綱を切られ、迷子になったような、悲しみとも、失望とも、怒りとも取れる感情を灯らせ、見えぬ涙を流していた。

なのに私はそれを放置した。

莫迦《ばか》なことを言うなと、娘の悲鳴を足蹴にしたのだ。

……そうやって愚行を積み重ね、娘の期待、希望、信頼を悉く潰してきた私は。

気づけば娘から見放され静かに、だが確かに、目に見えぬ親子の縁《鎖》を切られていたのである。

◆　◆　◆

――殿下の衝撃的な告白から、約七か月という長い月日が過ぎたある日。

結婚式を明日に控えた公爵家は、朝から人の出入りが激しく、とても落ち着いてお茶を飲む時間どころか、別れを寂しく惜しむ暇さえなかった。

だが、家族からの「最後に家族ごっこをしましょう攻撃」を受けずに済むので、内心安堵していた。

「荷物は全て皇太子宮に送ったかしら」

お母様の質問に私は淀みなく答える。

「はい、お母様」

「だったら残るは宝石だけね……。宝石は、翡翠《ひすい》と紅玉《ルビー》だけ持って行きなさい。藍玉《アクアマリン》や紫水晶《アメジスト》は高貴さや、優美さを示すのにうってつけだけれど……暫《しばら》くは、殿下の瞳の色を身に着けた方がいいでしょうね」

そう言って、てきぱきと取捨選択をしていくお母様の隣で、私は要らないと捨て置かれた宝石を見てため息を落とした。

朝から、お母様もお父様も忙しいだろうに、私の準備を積極的に手伝ってくださる。正直に言えば、とても助かっていた。

今日中に全ての準備を手配するのは、大変だろうことは想像に容易い。

だが一方で。

お母様やお父様がいらっしゃらなくても準備ができるのも、悲しいかな、また事実であった。

(てっきり、顔を見せるぐらいだと思っていたのに)

こんなにも隣にぴたりとくっつかれて準備をされては、私の意思や思い出そのものがなかったことにされてしまう。

（やっと、操り人形の糸が切れると思ったのに）

新たに、華美な糸を付けられたくなどない。

私は要らないと捨て置かれた宝石を見て、ぐっと拳を握った。

微温湯《ぬるまゆ》に浸かったような、曖昧で欺瞞《ぎまん》と虚愛に溢れている家族ごっこよりも。

己の人生を決める権利を手に入れるほうを選んだ。

その瞬間であった。

「お母様、もう一人でできますわ。そろそろお疲れでしょう、お休みください」

すると流石や、聡いお母様。酷く傷ついた表情をなさった。

「……こういう準備は家族で行うものよ。特に、あなたのような皇族になる娘には、母親の助けがいるわ。手伝わせてちょうだい」

「ですが、私には不要なようです」

ぴしゃりと言うと、お母様は下唇を噛んだ。

「そんなこと言わないで。お母様はあなたの入内《じゅだい》するための準備を、手伝いたいだけ。それに、多くの花嫁はお母様に手伝ってもらうのよ。習わしだと分かっているでしょう？」

「それは仲が良好な場合のみ成立する習わしですわ、お母様」

「なんてことを言うの。私たち、仲は悪くないでしょう……？」

憤怒《ふんぬ》か、或いは恐怖か。震えている声を絞り出すように訊いてくるお母様に、私はやんわりと微笑んだ。

「どうでしょう。私はお母様との楽しく優しい思い出なんて、一つもないものですから、分かりかねますわ」

「ジョージアナ」

「それとお母様」

私は反論するお母様の声を遮って、言葉を続ける。

「明日からは私のことを妃殿下、もしくは皇太子妃とお呼びください」

「承知しているわ」

「いついかなる時も、です。明日の華燭《かしょく》の典以降は、私のことをジョージアナとは呼ばないでください」

人前では皇太子妃と呼ぶのは常識だが、まさか二人きりの場でもそうすることを望まれるとは思っていなかったはずである。

予想通り、お母様は怒りと悲しみを露わにする。

「あなたは私の娘なのよ！　どうしてそんな、他人行儀で呼ばなくてはならないの」

「そうお母様が望まれたからです」

「……！」

私が言いたいことを理解されたらしいお母様。流石、才色兼備な公妃としてその名を轟かせているだけある。

お母様は娘のことを公女《身分》として見ていた。どれだけ縋《すが》っても、傷ついた心を見せても、それは揺らぐことがなかった。

なのに私が皇太子妃になった途端、掌を返したように娘として見るなんて。

(随分都合の良い話ではありませんか)

私は艶やかに微笑み、扉を指す。

「あれこれ忙しくされてはお体に障りますわ、どうぞお部屋に戻ってお休みくださいませ」

◆ ◆ ◆

それは突然だった。

俺と父上が二人でとあることについて話し合っている時。突然母上が蒼白な面持ちでやってきて、辛抱ならぬとでも言うように膝から崩れ落ちたのだ。

吃驚《きっきょう》した俺は、泣き崩れる母上に駆け寄る父上を呆然と眺めるしかなかった。

(毅然《きぜん》とした態度を、崩したことがない母上が……)

なにが起これればこんなに取り乱すのか。

「どうした」

「ああ、あなた……」

「なにがあったんだ？」

「あの子に、ジョージアナに、母親であることをやめるよう言われたのですっ。今後、その名を呼ぶなと。私は母親なのに、母親なのに……！　ええ、分かっております。私には母親を名乗る資格などないことぐらい……それぐらい分かっています！　けれど、それでも、私はあの子の母親なのにっ」

咽《むせ》び泣きながら父上に縋《すが》りつく母上をしっかりと支えながらも、父上の表情は憐憫《れんびん》と悟りに濡れていた。

悲憤《ひふん》と後悔と傲慢《ごうまん》さに囚われ、公妃としての矜持《きょうじ》を投げ捨てて娘を求める母上と。そんな母上を憐れみに満ちた瞳で見つめつつ、愁然とした様子を隠し切れない父上。

親として犯してはならない罪を犯した、その結果《罰》であった。

俺はなにも言えなかった。

ジョージアナの兄である俺もまた、同罪だからである。

言葉を発する資格など、それこそなかったのだ。

（くっそ）

俺はこれ以上、己の罪とこの光景を凝視することなどとてもできず、新鮮な空気を求めるようにその部屋を出た。

だが、その扉の前には……

「あら、お兄様。ごきげんよう」

ジョージアナが侍女を連れ、気怠げに微笑みながら立っていた。

◇◇◇

なにも初めから妹を疎んでいたわけではない。

にーちゃま、と舌足らずに俺を求め、抱っこをせがむジョージアナはこれ以上なく愛らしく、守ってやりたいと思っていた。

俺よりも五つも離れて生まれてきたジョージアナは、男《おのこ》ではなく女《おなご》だった。この帝国の法では爵位の継承権は例外なく男にある。

母上がこれ以上子を産むことを望んでいない以上、俺が必然的に公爵の地位に就くことになる。

それは即ち、薬の研究に力を入れることができないということと同義であった。

そのことに失望もしたが、真っ赤な頬を膨らまし、鼓膜を心地よく震わす笑い声を邸宅に響かせ、俺を見て必死に手を伸ばすジョージアナを見て……その気持ちは消え去った。

(俺が兄として、この子を守らなければならない)

俺は紅葉のようなふくふくとした小さな手を、優しく握りながら固く決意した。

その穏やかな気持ちに嘘偽りなどなかった。

それが音を立てて崩壊し、侮蔑《ぶべつ》と憎悪に代わったのはいつだったか……

ジョージアナは美しく、子どもにしては聡い子だった。だが所詮、ジョージアナは俺とは違って凡人。一を教えれば十を理解する、そんな芸当はできなかった。

当然だ。むしろ一を教えて五を理解して見せたジョージアナは、聡明なほうだったはずである。

実際、教育係も感動し褒めちぎっていた。

けれど幼稚で傲慢《ごうまん》だった俺は、信じられなかった。俺の妹でありながら、これほどまでに無能で愚かだったとは。

その時を境に。

俺にとってジョージアナは守るべき愛おしい存在ではなく、軽蔑すべきお荷物になった。

(愚にも付かぬ考えだ)

その過ちに気づいたのは、かなりの年月を経てからのことで。

時既に遅し。その時には妹との兄妹関係は破綻し、取り返しのつかない状態となっていた。

◇　◇　◇

「それでお兄様」

ジョージアナは過去を悔いている俺を訝《いぶか》し気に見て、胸に燻《くすぶ》っていたであろう疑問を冷淡に投げつける。

「私をこのように中庭に連れ出して、なんの御用ですか」

あのあと俺は、流石にあのような両親の姿を見せるわけにはいかないと、ジョージアナを中庭に連れ出した。

「話したいことがある、来てくれ」と言って強引に連れ出した上、おまけにジョージアナに従順な侍女が付いてこようとしていたので、下がるよう命じたのだ。

余程重要な話があると、ジョージアナが勘違いするのも仕方のないことである。

俺はなにか話題はないかと、焦燥感に震える脳を必死に動かす。

「明日、おまえは皇太子妃になるだろう」

「……ええ」

「俺に、その、できることはねぇか。手伝いとか、いや、もう荷物運びは終わってんのは知ってっけど。そうじゃなくて……他に、おまえのためになることがしたい。させてほしい。おこがましいのは分かっている、俺はおまえを突き放したし、罵詈雑言《ばりぞうごん》を浴びせたこともあった。それについては、本当に、本当に悔やんでいる」

「……」

俺のみっともない言い訳や謝罪もどきの言葉を、黙って聞き流しているジョージアナ。その顔に色はなく、軽蔑しているようにも心底どうでも良さそうにも見える。なにを言っても無意味な気がしてならなかった。

だが止まらない。

ずっと悔やんでいた。謝りたかった。自分勝手なことだと、無意識に押し留めていただけで、本当は罪深いことだと嘲って、罵倒《ばとう》してほしかったのだ。

「おまえが孤独な時に、助けになれなくて悪かった。おまえが辛い時に、突き放して、すまないって言葉じゃとても足りない。おまえを無能と蔑んで、ほんと、俺は有り得ないぐらい最低なことをした。ごめん、ごめんジョージアナ。皇太子のことだって、知っていたくせに手を打たなかった。おまえなら大丈夫だろうと、心の中でそんなこと思って……、軽んじていた。すまない」

暫《しば》しの沈黙のあと。

ジョージアナは面倒そうにため息をついた。

「どうして、皆、謝るのでしょうか」

ジョージアナは庭に咲いている花を、無造作に摘み、実に優雅に折った。

ジョージアナらしくない突拍子のない行動に呆然としていると、彼女は折れた花を地面に投げ捨てた。そして蠱惑《こわく》的に嗤《わら》う。

「お兄様。その花を拾い、謝罪を続け、愛情を注ぎ、元に戻してくださいな」

「……は？」

「できないでしょう？　できるはずがない。なのにお父様もお母様も殿下も、何故かどうにかして元通りにしようとなさる。こんなにも綺麗に折れて、悲しく捨て置かれているというのに……」

自嘲《じちょう》するような乾いた声で、ジョージアナは切なく言った。

心臓を無遠慮に鷲掴みされたような痛みに、はっと息がもれる。

「お兄様の能力は買っています。ですから、生産性のない愚行をこれ以上なさらないでください。公爵となったお兄様と政について語る日が来るのを、心待ちにしているのですから」

そう言って俺の元を去っていたジョージアナに、俺はなんと言えば良かったのか。

月の光に照らされながら未練などないとばかりに俺の側から離れていく妹に、かつての無邪気さや子どもらしさはどこにもなかった。

無残にも折られた花が地面の上で悲しく笑う。純白のその花は、アネモネという花であった。

◆　◆　◆

明日、俺が生涯をかけて慈しみ、愛し、守りたいと思った女性が、俺ではない男と結婚する。

「苦しいな……公女様の晴れ姿、エドワードも近くで見るんだもんな……」

幼少の頃からの仲で、唯一なんでも話すことができる親友が俺の背中をそっと摩る。

だがそれはなんの慰めにもならない。

（苦しい……？）

笑わせてくれる。苦しい、辛い、なんて陳腐《ちんぷ》な言葉でとても片付けられやしない。

身が焼かれるような激痛を、二十四時間昼夜問わず味わい続け、さらにそれを凌ぐ地獄をこれから死ぬまで見届けなくてはならないのだ。

愛する人が幸せなら、我慢できる。むしろ祝福さえしたことだろう。

でもそうじゃない。

（どうして……！）

覚悟はしていた。だがどこかで期待していた。

——もしかしたら、娘をあれだけ虚仮《こけ》にされた公爵が彼女が殿下に嫁ぐことを止めるのではないか。

婚約誓約書が埃《ほこり》を被るほど、長く結んできた二人の関係を白紙にするのには、それなりの理由が必要になる。

特に公女は昔から妃教育を受けてきて皇室の内情を熟知しているので、皇族側がおいそれと了承するとは思えない。仮に了承されたとしても……彼女には見えない首輪が付けられ、一生皇族に飼い殺されるだろう。

けれど、陛下さえ一目置く公爵になら。彼女を完全に自由にできる力がある。

だが、それは叶わなかった。

「エドワード様は殿下のような素敵な方のお側に毎日いられて、幸せですわね」

それはある日。

神の戯《たわむ》れか、偶然か。教室で公女と二人、殿下のことを待つ時間があった。とは言っても周囲に他の学生もいたので、残念なことに完全に二人きりではなかったが。

殿下とは違って、公女の配慮は徹底していた。

殿下の自尊心や、矜持《きょうじ》に傷をつけないように。貞操観念や不貞を疑わなくてもいいように。男性と二人きりにならないよう、細心の注意を払っているように見えた。

公女の溢れんばかりの愛情にくるまれている殿下。

尊敬して止まない主人であるのと同時に、時として殺意さえ芽生える恋敵でもあった。

そんな時に、ぽつりと彼女が零した言葉がそれだったのだ。

なにを言うのかと困惑する俺を他所に、彼女は尚も悄然《しょうぜん》とした様子で言葉を編む。

「私は、殿下の婚約者でありながら、毎日お目にかかることは叶いません。きっと、結婚したあともそれは変わらないでしょう。勿論、仕事と私どちらかを選べと言うつもりはありませんわ。けれど、少しでも私のことを考えてくださったらと思ってしまいますの。ですから、一緒にお仕事のお話ができるエドワード様が、とても羨ましく思えてしまうのです」

そう言って微笑んだあと、恥ずかしそうに頬に紅葉を散らす。

「ごめんあそばせ、醜い女の嫉妬でしたわ。どうぞ下らぬ戯言とお聞き流しくださいな」

「醜くなど、ないのに……」

俺はあの時、なんと言おうとしたのか。もう覚えていない。

丁度、殿下がやってきて会話というほどでもない会話は強制的に終止符を打たれた。なので俺が発言する機会はなかったのだ。

殿下の訪《おとな》いと同時に、公女の視界と思考は殿下に埋め尽くされ、彼女の貴重な気持ちの吐露はなかったことにされていた。

「羨ましいのは俺のほうですよ……」

公女の清い心を穢《けが》す男が、何故殿下だったのか。

顔か。身分か。声か。表情か。性格か。

(公女を蔑ろにして、他に女を作ろうとしていた殿下に、愛される理由など皆無だろう)

悔しい。妬《ねた》ましい。

いっそ、公女のことを忘れようかとさえ思った。ただ主の婚約者、帝国の母になる令嬢だと、そう捉えるようにしようと努力した。

だが無理だった。

公女の全てが、それを許してくれない。いつまで経っても俺を甘くも苦い鎖で縛り付け、そのくせ餌など与えず放置する。

逃れる術などないのだと悟った時は、笑えばいいのか、泣けばいいのか、分からなかった。

「酷いお方だ」

「エドワード……」

「俺に兄貴がいて良かったよ。そうでなければ、きっと俺の代でスペード家は終わりだったかもしれない。公女以外の女性を愛せる自信が全くもってない」

その言葉に「常軌を逸しているぜ」と親友が慄くのを見て、俺はそうかもしれないなと笑った。

◆　◆　◆

初めてジョージアナ様を見た時、わたくしは感動した。

完成された美しさと誰にも穢《けが》せぬ神秘的な雰囲気、神がその両手で作り上げたような端麗な美貌に、凜とした洗礼された佇まい。

同い年でありながら、醸《かも》す空気そのものが違う。

大輪の赤薔薇《ばら》に喩えられるのも理解できた。

(なんて素敵なお方なの)

お父様の「皇太子に媚びを売っておきなさい」という言葉なんてすっかり忘れ、わたくしは恋した乙女の如く、ジョージアナ様のことばかり考えていた。

勿論、異性に向けるような恋情ではない。

だが、あれは確かに恋であった。

しかし、臆病なわたくしは話しかける勇気がなかった。ジョージアナ様ににべもなくあしらわれるのがおそろしかったのである。

そんな中、授業で三人一つで組《グループ》を作りなさいと言われたことがあった。

その時である。

「良かったら一緒にどうかしら」と、ジョージアナ様がわたくしに声をかけてくださったのは。

(本気で天使だと思ったわ)

前の席に座っていらしたミランダ様も誘い、三人で楽しく会話に花を咲かせたのは今でも鮮明に覚えている。身分や置かれている状況がどことなく似ていたわたくしたちが、すぐに打ち解けたのもある意味、当然の流れであったのだろう。

博識でお美しいジョージアナ様と。

はっきりとした性格だがお優しいミランダ様。

わたくしはそんなお二人が大好きだ。自慢の友達であり、わたくしにとって宝物でもある。

——だからこそ。

ジョージアナ様を蔑ろにして平気で傷つける殿下が。

ジョージアナ様を嘲笑い、虚仮《こけ》にする令嬢たちが。

許せなかった。

そんな怒りを燻《くす》ぶらせていたわたくしに、殿下を見る目が少しばかり変わる日が訪れた。

あれはいつだったか……ジョージアナ様の悪口を言っていた令嬢たちと、階段の踊り場で口論になっていた時のことであった。

四対二と不利な状況だったが、口がお上手なミランダ様のおかげで勝敗が見えてきたその時、なんの悪戯か偶然にも殿下が通りがかった。

それを好機《チャンス》と捉えた令嬢のうちの一人が、甘えるような声で殿下に言ったのだ。

「助けてくださぁい、殿下。あの人たちがあたくしを虐《いじ》めるんですー」と。

その言葉に、殿下が纏う雰囲気が変わった。温厚だが浮気性の麗人の顔ではなく、冷酷非情な面も持ち合わせる皇太子の顔で、泣きついてきた令嬢を見下ろし。

「……なんの話か知らないけれど。ジョージアナの友達がそんなことするわけないよ」

殿下は柔らかな声でなにを言っているんだとばかり、そう仰ったのである。

「……はい?」

「あの令嬢たちが弱き者を虐《いじ》めるのであれば、ジョージアナの友人選びは失敗だったということだが。令嬢はそう言いたいのか?」

絶対零度の眼差しで見られた令嬢は、わたくしたちが同情するほど、震え上がっていた。

苦笑をもらしながら思う。普通は、あのような反応はできないものだと。

相手《ジョージアナ様》に対して、絶対的な信頼と深く確かな愛情がなければ——

あの日以降、殿下がよくジョージアナ様を目で追っていることに気が付いた。もしかして、殿下はジョージアナ様のことが嫌いなのではなく、単純に自身の恋心に気が付いていないだけなのではないかと推測したのだが……

（まあ、今となってはどうでもいいことね）

わたくしは鍵付きの箱に入っていた、翡翠《ひすい》が付いた耳飾り《ピアス》を取り出した。瞳の色と同じだからと、わたくしの誕生日にジョージアナ様がくださったのである。

とうとう明日、皇太子殿下とご結婚なさるジョージアナ様。

どうか幸せになってくださいと、わたくしはその翡翠《ひすい》に唇をそっと落とした。

第三章　結婚

今日、ランドン皇太子殿下とジョージアナ公女《私》の華燭《かしょく》の典が執り行われる。

この国唯一の皇子様の結婚式ということで、帝国民だけではなく、様々な国の王族や貴族が、この結婚式には参列することになっている。

どんな皇太子と妃が今後の帝国を担うのかと、数多の国が注目しているのだ。

……だが私にとって、それはさしたる問題ではない。

私や、ましてや殿下が、なにかをしくじるとは到底思えない。

仮になにかしくじっても、それが露呈することを周囲が良しとするわけがない。

それに有能で使えるならば狡猾《こうかつ》な者でも残忍な者でも関係なく、側に置くことを好まれる陛下のこと。

あらゆることを想定し、予め手は打ってあるだろう。

そう、問題は他にあったのである。

◇　◇　◇

「綺麗だ、ジョージアナ。本当に。最初見た時、女神がジョージアナの麗しさや高貴さに、嫉妬してしまわないか心配した」

披露宴の会場となった皇宮にある大広間にて、殿下は侍女総勢五人の手によって完成した私の姿を、どこか恍惚《こうこつ》とした表情で褒める。

確かに、今の私の姿は醜くはないだろう。

女人が憧れる衣装の首位《トップ》に君臨するのが、結婚衣装《ウエディングドレス》。

将来を誓い、生涯を捧げる相手のためだけに身に纏う衣装は、それだけで特別感が漂う。

純潔と従順を意味する純白の生地に、華やかさと優美さを加えるようにあしらわれた半透明のレースや、大粒の真珠がついた装飾品を付け加えることによって、上品かつ優雅な衣装となっている。

それに対して、鉛白《えんぱく》のリボンが編み込まれ、高く結わえられた凝った髪型は実に愛らしく仕上がっていた。

それもこれも、努力を惜しまず美しく主を着飾ることに尽力してくれた、ジェーンをはじめとする侍女たちのおかげである。

なので殿下が褒めてくださるのも、嬉しくないと言えば嘘になるが。

いくらなんでも褒めすぎである。

（殿下、それ何回目ですか……）

とは、とても口が裂けても言えないが、お世辞はおやめくださいとあしらえないぐらいには、褒められていた。

だが忘れてはならない。

ここは公衆の面前。

会話は聞こえないにしても、雰囲気を悟った貴族たちが生温い視線を送ってくる。言わずもがな、そこにはクロローム一族も含まれている。

女性関係が決して潔癖とは言えなかった殿下が、掌を返したように婚約者を大事に大事にし、儀式が終わり披露宴が始まるや否や新妻の容姿を褒め始め、くっついて離れないのだ。

必要以上に注目を集めるのも必然。

その事実が猛烈に恥ずかしいと思うのは正常な思考回路だろう。

「殿下、これ以上はおやめくださいませ。恥ずかしいです」

海老を丁寧に切り刻みながらぴしゃりと言うと、途端殿下はしおらしくなる。

「そうだよね、ごめん、配慮が足りなかった。皇太子妃になったばかりでただでさえ注目の的なのに、すまない」

◇　◇　◇

――先程の仰々しくも厳《おごそ》かな儀式にて私と殿下の結婚は認められ、私は晴れて皇太子妃になった。

儀式は帝国の伝統や文化を重んじたものだったので、決して華美なものではない。

死が二人を別つまでお互いを慈しみ、愛するかというありきたりな言葉に交互に頷き、両肩を陛下に神の剣と呼ばれる国宝で軽く叩かれながら、前日に覚えさせられた言葉《セリフ》通りに宣誓した。

そして冠《ティアラ》を陛下から賜ったあと、皇族の紋章が描かれた綬をかけ、皇族の一員となったことを示す書に己の名前を書き加えて、終了。

至って単純《シンプル》である。

あくまで政略結婚なので、感極まって泣いたり、興奮状態に陥ることもない。

それ故、冷静沈着に周囲を見ることができる。貴族や他国の王族貴族の顔色。どんな野望を巡らせ、どんな感情を抱いているのか。

祝福や感動だけに包まれないところが、いかにも貴族らしい結婚式と言えよう。

(水面下で第二夫人候補に名前が挙がっている貴族は、当然面白くないでしょうね)

貴婦人処罰事件によって出回った噂……皇太子殿下の婚約者への寵愛《ちょうあい》。

正妻を寵愛《ちょうあい》するのはなにも珍しいことではないが、陛下のように後宮を持たず、後添えでさえ迎えないというような極端かつ未曾有の行動をされてしまうと、話は変わってくる。

蛙の子は蛙ではない、そう言い切れる証拠がどこにもない今、私の存在は目の上のたんこぶだろう。

　どちらにせよ、どう転んでも良い方向には向かわない。

（けれど、それにしたって敵意や憎悪の色が強すぎる気がする……）

　私の気のせいだろうか。

「どうした？　難しい顔をしているけれど。海老、もっと食べたい？」

「……いいえ、別にそういうわけではありませんわ」

「でも、お腹空いているだろう？」

「……え」

「花嫁の朝は早いと聞いた。侍女長曰く、朝食どころか昼食さえ満足に食べられないらしいね」

　殿下は肉を取り分けながら言った。

「だから皆が談笑や食事に集中している今、食べておいたほうがいいよ。このあとは水を飲む暇さえないと思うから」

　そう仰って笑ったあと、殿下は均等に切ったお肉を私のお皿に置き、「食べて」と差し出してくださった。

　夫の、ましてや皇太子殿下が自ら切り分けたお肉を私が食べていいのか迷ったが、こちらを不器用ながらも気遣ってくれる殿下の優しさに甘んじることにした。

　だから気づかなかった。

お肉を優雅に頬張っている私の隣で、殿下がある貴族の一群を鮮血を連想させる迫力ある目で威嚇するように睨んでいるということに。

粛々《しゅくしゅく》とした儀式の名残りを一切感じさせない披露宴は、まるで儀式の堅苦しさそのものを吹き飛ばすかの如く盛大に行われている。

皇族専属の音楽団による優美な音色が場を包む中、海老や貝、子羊のお肉などの高級食材がふんだんに使用された豪勢な食事が振る舞われたあと、殿下が仰った通り、喉を潤す時間も与えられぬほど私たちは忙しくなった。

けれど、身構えていたほどではない。

隣には殿下もいた上、皆目を光らせてくれていたのか、私や殿下を快く思っていない貴族が近づいてくることもなかった。挨拶と称して私たちを探るような目で話しかけてきても、殿下が実に優雅に、しかし容赦なく追い払ってくださったため、不愉快な気分になることはなかったのである。

(滞りなく挨拶が終わって、良かった)

私は主役である私たちよりも楽しそうにしている貴族たちを見ながら、ほっと胸を撫で下ろす。

彼らは私たち皇太子夫妻への形式的な挨拶を終えると、美しくも軽快な音楽に合わせて舞踏に興じていた。食事の席の音楽とは違い、心が躍るような豊かな旋律はまるで踊ろうと誘っているようだ。

その間、私たちは、当たり障りのない世間話に花を咲かせ時間をつぶしていた。

仕来たり上、私たちは与えられた席から暫《しばら》く動くことは叶わないが……履き慣れぬ靴で踊ると、高確率で殿下の足を踏んづけてしまう可能性があるので、却って良かったと安堵した。

（運動神経が悪いわけではない、はず）

履き慣れた靴であれば、問題ないのだから。

それでも皇太子妃に大きな欠点があるのは良くない、練習をせねばと小さくため息をついた。

（それに）

私は隣に座る殿下を見上げる。

結婚式だからか、単純に気分が良いのかなんなのかは分からないが、今日の殿下は優しい。

慣れぬ靴で足が辛くはないか、とか。

肩が出ているが寒くはないか、とか。

座りっぱなしだが腰など辛くはないか、とか。

（私を不器用ながらも、慮《おもんぱか》ってくださっている）

殿下がなにかと私を気にしてくださるので、「噂は真なのか」と貴族たちがざわめいているのは
大変恥ずかしいが……夫婦となったので、そんなことをとやかく気にするのもおかしな話だろう。

夫婦関係は良好だと周囲に認識させるほうが、私としても好都合。

（一瞬でも皇太子の寵愛《ちょうあい》を賜っていた……）

その紛《まぎ》れもない事実は、有事の際、私を守ってくれる盾になるはずである。

「ジョージアナ……？」

やや不穏なことを考えていると、殿下が私の手をさりげなく握り、蜂蜜のような甘い声で名を呼ぶ。

「はい、なんでしょう。殿下」

「いや、なんでもないんだけれど。なにかを真剣に考えていたみたいだから……君がこういう場で上の空になるなんて珍しいなと思って。なにか気になることでもあったのかい？」

心底心配そうに聞かれ、私は疲労困憊《こんぱい》とはいえど、一瞬でも別のことを考えていたことを恥じた。

「そういうわけでは……。申し訳ございません、宴の途中なのに……」

「え？　いや、謝る必要は全くないよ。むしろ、疲れているだろうに無理を強いてごめんね」

そう言われた私は、豪華絢爛《けんらん》なシャンデリアが見下ろす中、音楽に身を任せて舞踏を楽しんでいる貴族たちを見ながら微笑んだ。

「いいえ。そんなことございません。私たち皇族は民の様子を直接見ることは叶いませんが、貴族を通して、現状を確認することなら可能です。ですからこういう場を利用し、情報を収集する必要がある。私も公爵の娘とはいえ、勉強することはまだまだありますわ」

「私たち皇族……」

なにやら嬉しそうに頬を薄く染めて、ぽそりと呟く殿下。

なにを仰ったのか聞き取れず、もう一度言ってくれるようにお願いしたがはぐらかされた。そして殿下は誤魔化すように軽い咳払いのあと、柔らかく、だがどこか強張った声で言葉を紡ぐ。

「それよりも、ジョージアナは学ぶことへの意欲がすごいよね。学園でも満点を取ることに拘っていたし。もっともっとって上を目指して……貪欲に知識を得ようとしている。評価すべき美点ではあるけれど、無理しないかと心配にもなる」

その言葉に私は暫《しば》し瞼を伏せる。

「殿下の苦労や努力に比べたら……私なんて、まだまだですわ」

「僕よりずっと頑張っているように見えるよ」

「そんな、畏れ多いことを」

「……ジョージアナ」

殿下は宝物に触れるように握った私の手を、今度はまるで包み込むように握る。滑らかながらも大きな手で優しく包まれているその感覚は、私を言葉に表せぬ気持ちにさせた。

「ずっと疑問だったんだけれど。君の自己評価が著しく低いのは、何故なのか。理由を聞いてもいいかい？」

殿下の場にそぐわぬ質問に、意味を理解した私が大きく目を見開いた、その時だった。

ふっと影が差し、剽軽《ひょうきん》だが重圧のある声が、重苦しい雰囲気を壊したのは。

「隠れて手なんか繋いでしまって。これだから噂とは当てにならぬのだ」

◆　◆　◆

己の傲慢《ごうまん》さ、幼稚さのせいでジョージアナの心を殺してきた——その過去が変わることはない。

ジョージアナの澄んだ翡翠《ひすい》の瞳が、諦観《ていかん》を湛えているのを見ると、これ《結婚》が素晴らしい選択ではないということぐらい、僕でも分かる。

解放してやるべきだった。

ジョージアナの幸せを優先すべきだった。

なにを捨ててでも、なにを犠牲にしてでも、そうすべきだった。

けれど……

(それが叶うことは、ない)

皇族についてのありとあらゆること全てを教え込まれたジョージアナは、もはや皇室の一員になるか、皇族に飼い殺されるか、その二択しか方法がない。

したがって婚約解消はジョージアナのためにも、最善とは言い難いのである。

それでも、宮殿での生活を快適にする手助けぐらいはできる権力があると、驕ってもいいはずだ。

(少しでも、彼女が幸せだと思えるように)

ただの自己満足にしかならないかもしれないが、やらぬよりやっておいたほうが良いと、皇太子という地位を遺憾《いかん》なく発揮し、不穏分子を潰していった。

無論、権力があっても自分が思い描くようには事は進まない。

特に、前代未聞の我儘《わがまま》と言われた件に関しては、熟考する必要があるとして許可が下りるのにかなりの時間を費やした。

そのことで苦悩する僕に、陛下が一度だけ問うてきた。「それでおまえは、己の汚名を返上し、公女の愛を取り戻せるのか」と。

答えは勿論、否。徒労に終わるだろうことも、想像に容易い。

けれど、それでも構わなかった。覚悟の上である。

勿論、雀の涙ほどでも可能性があるなら、希望の糸を燃やし尽くされ、その灰が消え去るまで縋《すが》りたい。だが、自身の感情を闇雲に押し付けるつもりはなかった。

そんなことを考えていた僕は、ジョージアナにとって害になり得ると判断した者を監視させるために密かに忍ばせている者たちから、特に不穏な動きはしていないという合図を受け取り、小さく息をつく。

（あの人だけが気になるが……）

一応付けておいた監視が、しくじる……とは考えたくないし、考えられない。

しかし、監視する者の力を過信し、懸念を見て見ぬふりをした僕はすぐに後悔することになった。

「やはり、こうなる運命だったのか……」

「……セゼヌ伯爵。公の場です、控えてください」

（監視に気づいて撒いてきたのか……）

突然、話しかけてきた人物に、僕は思わず舌打ちしそうになるのを堪え、努めて静かに丁寧に窘《たしな》めた。

すると彼は、苦笑いと嘲弄《ちょうろう》の混じった微笑を浮かべる。

「ああ……これは大変失礼いたしました。かつては陛下の補佐官をしておりました、イーサン・セゼヌにございます。先程の言葉は耄碌《もうろく》している老人の戯言と思って、お聞き流しくださいませ」

彼はそう言うと、実に優雅に頭を下げた。

「遅くなりましたが……ランドン皇太子殿下、ジョージアナ皇太子妃殿下、今日という目出度い日を無事お迎えになられたことを、心よりお慶び申し上げます。神の祝福があらんことを」

そう言って先程の無礼な発言が嘘のように、完璧なお辞儀をして見せる伯爵。耄碌《もうろく》した老人とは思えぬ洗礼された所作である。そんな彼をどこか冷静に見ていると、ジョージアナの瞳が思わぬ喜《き》悦《えつ》に輝いた。

そしてかつてないほど、弾んだ声で伯爵に話しかけた。

「頭をあげてくださいい、セゼヌ伯爵。一度でいいから、ご挨拶したいと思っておりましたの。式に参加してくださって、嬉しいですわ」

「大変恐縮にございます、妃殿下」

仰々しく頭を下げる伯爵に、ジョージアナはふふっと微笑む。

「そう申し上げるのも、マーガレット皇后陛下から伯爵のことは聞いていた故。とても素敵なお方であると、何度聞いたかしれません。余程ご自慢の御父上だったのでしょう」

彼女の言葉を聞いた伯爵の瞳が、わずかに揺れたのを見逃さなかった。

マーガレット皇后……なにかに執着することのなかった皇帝陛下にこよなく愛され、病で儚くなった母上のことである。そして伯爵の一人娘であり、亡き伯爵夫人の忘れ形見。

同時にジョージアナの唯一にして最大の心の拠りどころでもあり、死しても尚、彼女の心を捉えている人。

僕が生涯をかけても勝てぬであろう、恋敵に限りなく近い相手でもある。

「前皇后が私の話を、妃殿下にされたのですか？」

「ええ」

「そうですか……」

どこか嬉しそうに微笑む伯爵に、僕は視線を逸らす。

伯爵夫人の死と引き換えに手に入れた愛娘を、陛下から半ば強制的に奪われ、そして再び愛する者の死を受け入れざるを得なくなってしまった伯爵。

そんな彼は皇帝を、そして愛娘が病を得る原因になった孫である僕を、蛇蝎《だかつ》の如く嫌い、憎悪している。

だから彼は僕のことを孫とは呼ばないし、僕が彼を「お祖父様」と呼ぶことを認めてくれない。

愛娘の死に直接関係しているわけではないのだが、陛下と容姿が似ている僕を見ていると陛下を連想して気分が悪くなると、大分時間が経ってから知った。

（けれど、穏やかで誠実な人だということは知っている）

そうでなければ、陛下の補佐官として活躍なんてとてもできないだろう。

八つ当たりも良いところだと思ってはいてもなにも言わないし、言えなかった。

——そして唯一人、ジョージアナを思っての発言をしてくれる貴重な貴族でもある。

無論、会ったこともないジョージアナのため……というよりは、ジョージアナと愛娘の置かれている状況が限りなく酷似しているので、救えなかった娘とジョージアナを重ねて見ているというほうが、正しいだろう。

それでもジョージアナのことを思い、心を砕いているということに違いはない。

「ですから」

僕のような口先だけの人間とは大違いだと自嘲《じちょう》していると、ジョージアナは歌うように言葉を紡いだ。

「どうか、噂に耳を貸さず真実を見てください。噂など所詮、人々の感情が付着した紛《まが》いもの。こうして手を繋ぐぐらいには、私は今、幸せなのです。それ以上の真実など、要らぬはずですわ」

ふわりと笑んだジョージアナの声からは、前皇后の父である伯爵への温かい感情と……わずかな緊張が垣間見えた。

◆　◆　◆

——雅で盛大ながらも、どこか空虚な結婚式及び披露宴に幕が下ろされた、そのあと。

陛下が住まう宮からは少し離れた場所にある皇太子宮へと帰宅する最中、馬車に揺られながら殿下は窓の外をご覧になっており、ずっと無言であった。

なにかを真剣に考えているような、それでいて少し緊張しているような。そんな難しい表情をなさっている。

(セゼヌ伯爵のこと……気になさっておいでなのかしら)

正直言って、セゼヌ伯爵と殿下の関係性について私はなにも知らない。殿下から直接聞いたこともない。

しかし、祖父母と孫の仲が悪いなんて、貴族界ではありふれたお話。

詮索する必要もない。

ただならぬ気配を殿下から感じ取ったので、なるべく丸く収めようとしただけである。

たとえ相手が殿下と血縁関係があり、かつ私の敬愛して止まぬマーガレット皇后の実父であれど、殿下を故意に傷つけるのは、どうしても看過できなかった。

あの場で伯爵が噂に惑わされようとも、私の虚言を信じようとも、影響はない。

重要なのは、私たち《皇太子夫妻》を見縊《みくび》ってはならぬという、警告を受け取ってもらうこと。それだけだった。

けれど。

(余計なお世話だったかしら)

考え込む殿下を見て、私はそっと小さなため息をもらす。

すると外を見ていた殿下がはっとしたように、目を見開いて私を見た。

「すまない、退屈だった？　それとも疲れた？　眠たいならそのまま眠っても構わないよ」

いつもの滑らかで甘い声ではなく、ひっくり返ったようなやや固い声で言われ、私は困惑した。

私のため息一つに、大袈裟に反応を返したというのもあるが。

縋《すが》るような、切なそうな表情で仰ったからだ。

殿下が、私のご機嫌を窺っている。そのことに驚きが隠せなかった。

(そんな必要はないのに)

私如きのご機嫌を気になさるぐらいには……私のことを愛しているとでも言うのか。

ふと恋文《ラブレター》と言っても差し支えない手紙に書かれていた、殿下の震えた字と丁寧に綴られた情熱的な言葉を思い出し、ぎゅっと純白の衣装を握りしめた。

「お気遣いありがとうございます。ですが、ご心配には及びませんわ」

「……そうか、分かった。けれど、辛かったら遠慮なく言ってほしい。今日に限らず。僕がジョージアナの夫だからとかそういうことではなく、皇太子にしかできないこともあると思うから。だから、一人で抱え込まないで相談してほしいし、どうでも良いと思ったことでも言ってほしい」

「勿論ですわ、殿下」

己の感情を捨ててまでここにいるのだ。皇太子、皇太子妃という地位を利用しないなんて愚かなことはしない。

安心させるように笑めば、殿下はどこか納得してなさそうな微妙な表情を作った。

そして彼が口を開こうとした時に……御者が、皇太子宮——アーストゥロ宮殿——に到着をしたことを告げた。

◇　◇　◇

(ラベンダーの良い匂い)

私は用意されていた湯にちゃぷんと浸かりながら、その心地良さに瞼を閉じる。

ラベンダーを選ぶあたり、敏腕侍女と謳《うたわ》れるジェーンらしいなと一人心の中で微笑む。

「お湯加減は如何ですか？」

「最高よ。流石、ジェーンね」

素直な感想を述べ、ネグリジェの準備をしていたジェーンに微笑む。すると冷静かつ無表情が常な彼女は、涙が滲んだ声を喉奥から絞り出すように言った。

「いいえ、このようなこと私ではなくともできます。こうして、お嬢様に、妃殿下に再びお仕えできる私こそ、最高で喜びの極みにございます」

お別れする日が決まった時だって、悲痛そうに顔を歪めこそすれ、涙腺を決して緩ませなかったジェーン。だのに、こうして再び私の側にいられるということに、嬉しいと涙を零す。

なんて愛らしいことか。

随喜《ずいき》の涙で頬を濡らすべきなのは、私だというのに。

「泣かないで、ジェーン。私も嬉しいわ。普通、実家から侍女を連れてくることはできないもの。異例のことよ。公爵が取り計らってくれたのかしら」

そうとしか考えられないと思案に耽る私を、ジェーンが優しく見つめていることなど知る由もなく、その淡い栗色の瞳が、答えを持っているということに私は気づかなかった。

——この狂喜乱舞したくなりそうな嬉しい事実を知ったのは、つい一時間ほど前のこと。

アーストゥロ宮殿に到着したのと同時に、休憩する暇も与えられず、女官長から八人の侍女を紹介された。

ご多忙を極めてお疲れの殿下を付き合わせてまですることなのか……そう思ったが、紹介された侍女たちを見て、私はすぐに納得した。

ああ、これは今でなければならぬと。

皇族の正室に付く侍女は、側室候補とも呼ばれている。

様々な準備をしなくてはならなかった私は、言い訳がましいが、そのことをすっかり忘れていた。

様々な思惑が複雑に絡み合った末に、選抜されたであろう彼女たちは、身分もそこそこ高く、品があり、美しい。己の容姿や才などの手札に自信があるのか、好戦的でもあった。

建前上は、主人となる私に恭《うやうや》しく頭を下げる侍女。

だがそれは私の隣に立っている殿下に媚び諂《へつら》っているのであって、決して私に頭を下げているわけではない。随分見縊《みくび》られたものだ。

(学園での殿下の行動や噂のことを考えると、当たり前……か)

私そのものを莫迦《ばか》にしているのであって、クロローム家を軽んじているわけではないのだろうが。

この横柄な態度は、クロローム家、引いてはクロロームを公爵とした帝国そのものを敵に回すのと同義であると、上っ面だけ美しく磨かれた彼女たちは気づけない。

(阿諛追従《あゆついしょう》という文字の欠片もない態度が、いっそ清々しい)

側室になるのに、正室《私》に媚びを売るまでもない——そんな傲慢《ごうまん》な思考が手に取るように伝わってくる。

彼女たちを手懐けるつもりは毛頭ないが、己の領分を超えた愚行は、主たる私の責となることもある。貴重品や、命を預けているという面も考慮すると、首輪と頑丈な鎖ぐらいは用意しておかなければ。

面倒な仕事が増えたと、疲労困憊《こんぱい》の頭をなんとか回転させていると、肌に刺さるような怒気を隣から感じた。

殿下が、今にも人を殺しそうな棘のある空気を、初老の女官長に躊躇《ためら》いもなく向けていたのだ。

「……？　殿下」

どうなさいましたか、という疑問が音となる前に。

侍女たち八人の中から私は、つい今朝今生の別れをしたはずの、大切な侍女ジェーンの姿を見つけてしまったのである。

「天使が舞い降りたと思ったわ」

ふふっと笑いながら言うと、ジェーンはいつも通り冷静に、至極真面目に答えた。

「天使は妃殿下でございます。……いいえ、天使は天の使いを指すものですから、違いますね。女神です」

先程の感極まった顔はどこへ。すっかりいつものジェーンに戻った彼女に、笑みが零れた。

「そういえば、他の子たちはどうしたのかしら」

髪の毛を乾かしてもらいながら、私はふと思い出したように問う。

ジェーンが私の身の回りの世話をしてくれるのならば、これほど嬉しくて、心強いことはない。

だが……いずれ、同じ者《殿下》に仕えることを視野に入れて考えると、彼女たちのその腹を今のうちにある程度知っておきたいというのが、私の本心である。

仲間となるか、敵となるか。

それを決めるのは、私だ。

聡いジェーンは私の思惑を汲み取り、「遅いですね」と呟く。

「先程女官長に呼ばれて、それっきりです。妃殿下に自己紹介をしたのですから、すぐに戻ってくるように申し上げたのですけれど、お話が長いようです」

「そう……」

女官長……ね。

脳裏に、隠しきれない殺意を漂わせていた殿下が過ったが、私の考えすぎだろうとすぐに振り払う。

「彼女たちをお呼びいたしましょうか」

「いいえ。ありがとう、大丈夫よ」

少し考えて、首を横に振りながら答えた。

今はなによりも、目の前の大切な公務を全うすることを、優先すべきだと判断したのだ。

敵を見て矢を矧ぐようでは、時既に遅し。私は己の侍女を選択する権利がない時点で、諦めるしかない。

(覚悟はしている。それこそ、殿下との婚約が決定した時点で)

愛することをやめたと宣言した時は、後宮を統べることは考えていなかった。

女の園で美しく咲く花とて、立派な大人であり妃である。なにか起これば、彼女たちのほうで勝手に解決してくれているだろう……そう考えていた。

誰かのもの言わぬ美しき人形となることも、ひたすら惨めに愛を乞うことにも、疲れてしまっていたのである。

なのにどうしてか。

古傷がずきりと痛み、私の胸を圧迫する。空気を吸っているのに、吸い足りない……まるで沼の底で足掻いているような、酷く不安定な感覚だ。

(ままならないものね)

激しい愛憎を抱くことから、嫉妬の炎で焼かれる痛みに身悶《みもだ》えすることから解放されたくて、殿下と幸せになろうとする未来を自ら手放したのに。

今更、殿下が宝物のように私を扱うから。

愛という鎖で私を縛るから。

やっとの思いで引いた線が、曖昧になり、均衡が崩れ始めているのだ。

もうあのような盲目な愛を、殿下に捧げることはないだろう。だが、また別の愛情が心の奥底で初々しく咲いたら、その時はどうしろというのか。

絶望と悲痛と言う名の猛毒を涙して嚥下《えんげ》するのは、私だというのに。

「自分勝手なお方だこと……」

弱々しくも、どこか棘を孕みながら紡がれた言葉は、誰に耳にも届くことなくそのまま消えて行った。

◇　◇　◇

アーストゥロ宮殿は、壮麗で豪華絢爛《けんらん》な皇宮とは異なり、黒を基調とした美しくも洗礼された宮殿である。

門には大きな狼の像が二体、威嚇するかの如く威風堂々《いふうどうどう》と佇み、門の奥には広大な庭が広がっている。

皇宮よりもやや小規模ではあるが、皇宮と負けず劣らず歴史ある古雅な宮殿であるということでも知られており、皇太子となった人物に実に相応しい宮殿であると、皇室財産管理記録書に書かれているほどだ。

そんな立派な宮殿の中で最も日当たりが良く、個室としては広く造られた横並びに置かれている二つの部屋が、主たる殿下と私の寝室となっている。

(ジェーンはもう、荷物を運び終えたと言っていた)

私はネグリジェの上に厚みのある肩掛けを羽織りながら、小さく息を吐く。

——もう、後戻りはできない。

殿下が私生活を送っていた部屋で、これから私も寝起きするのかと思うと、表現できぬなにかが雨粒の如く私の心を濡らした。

◆　◆　◆

「ご紹介いたします。ジョージアナ皇太子妃殿下にお仕えする、侍女たちにございます」

なにか素晴らしいことをやり遂げたような表情で、片頭痛を起こしそうな甘たるい香水を付け、およそ侍女とは思えない厚化粧に、薄っぺらい微笑を浮かべる女人たち。彼女たちを紹介する女官長が、この時初めて悪魔か……それ以下の卑しい存在に思えた。

僕の信じられないという表情に気づいたのか、彼女はやや気まずそうにしながらも侍女たちを紹介していく。

その度に、媚び諂《へつら》うような甲高い声で次々と自己紹介をされ、初めて腹の底から殺意を抱いた。件《くだん》の貴婦人に対するものとは比べものにもならない、今までに感じたことがない感情だった。

(ジョージアナの侍女たちの到着が少し遅れるから)

その間の臨時侍女を、数名女官の中から選べと言ったはずなのだが……

僕は己の失敗を認め、小さくため息を落とした。

僕の成し遂げたいことが無事終われば、妃付きの侍女は側室候補なんて、煩《わずら》わしい上、暗黙の了解も意味を成さなくなるだろう。

そこで公爵に頼まれたのである。娘が信頼できる人物を側に置いてほしい、と。

公爵家にいた時、ジョージアナには侍女が五人付いていた。公爵が選んだ侍女たちは揃いも揃って優秀で、主人であるジョージアナを慕い、彼女も姉のように侍女たちに信頼を置いていたと言う。

(正規の方法では雇えない)

実家の使用人を嫁ぎ先に連れて来ることを、多くの貴族は良く思わないからである。

したがって、ジェーンという侍女だけを取り合えず雇い、残りの四人は準備が整うまでは待機という形になっていた。

だが、皇太子妃の侍女が一人では体裁が保てない。ジョージアナは気にしないかもしれないが、妃の侍女というのはそれだけで注目を浴びる存在でもある。

そのため、女官長に適当な者を臨時侍女として付けるよう、命じていたのである。

(最悪な人選だな)

僕はずらりと並ぶ侍女たちを見て眉を顰《ひそ》める。使用人としての教育でさえ受けてなさそうな、莫迦《ばか》丸出しの者たちばかりである。

こうなるのであれば、僕が直接選抜したほうが良かったか――そう思うものの、皇太子妃専属侍女の裏の意味を知っているだけに、側室を持つなど絶対に有り得ないことだと思ってはいても、慎重にならざるを得なかった。

迂闊な行動は更なる自滅をもたらし、僕とジョージアナの関係を破綻へと導くだろうことは想像に容易い。

ちらりとジョージアナを見ると、親しかった侍女を見つけ、心底嬉しそうに口元を手で覆っていた。紹介され侍女たちなど、歯牙にもかけていないようだ。

驚喜に震えている愛らしい彼女を見て、ほっとした喜びが胸を占めると共に益々憤りが募る。

ジョージアナには、ありったけの幸せの中で微笑んでいてほしい。

そのためなら、どのような犠牲も厭わないつもりである。

僕がどれだけ、ジョージアナが友達といる時のような笑顔で毎日が送れるようにと、あれこれ手を回してきたか……。それを、女官長が知らぬわけがないのである。

それだけに、全てを無に帰すようなこの裏切りは、絶対に許せるものではなかった。

ジェーンにそれとなく目で指示し、聡くもそれに気づいた彼女が、ジョージアナを部屋へと誘う。

その後ろを、ぞろぞろと付いていく者たちに思わず顔を顰《しか》めたものの……今この場で、なにかを言うのは賢明な判断ではないと思い留まり、近くにいた侍従に「数分後、女官長の名で令嬢たちを呼び集めるように」と命じた。

「さて、女官長」

顔面蒼白で震え、とうとう座り込んでしまった女官長を見下ろし、僕は冷ややかに笑んだ。

「説明、してくれるよね？」

◇◇◇

（実に下らないな）

汚い声で喚き、命乞いをしながら騎士に地下牢へと連行されていく女官長改め、罪人を見送りながら、僕は重たいため息を落とした。

主の命令に背き、女主人を進んで侮辱《ぶじょく》するぐらいなのだから、相当な理由があるのかと思いきや、そうでもなく。

皇太子《僕》が正室しか娶《めと》らないという現実が受け入れられず、皇太子妃《ジョージアナ》以外にも綺麗な女人はいるということを、教えてくれるためだったらしい。

（愚かなことだ）

ジョージアナほど高潔で臈長《ろうた》けた女性はいないというのに、独善的思想で身勝手な愚行を犯すとは。

明るけりゃ月夜だと思っている証拠であろう。

「後任の候補者を選んでおいて。場合によっては、謀反人として処分することになるかもしれないから、全て吐かせて報告を。その際の手段は問わないよ」

「畏まりました。妃殿下には」

「僕が言っておく」

どのみち、他の話もしなくてはならない。

そう思うだけで、皇太子に任命された時でさえ感じなかった焦燥や不安で、胃がひっくり返りそうだ。緊張で骨の髄まで震える。

（ジョージアナのためになると信じて、やってきたことだけれど……）

もしそれらを否定されたら。或いは見縊《みくび》られていると見なされ、僕たちの関係がさらに悪化したら……

僕は一体どうしたら良いのだろうか、皆目見当もつかない。

そうなった場合の最低最悪な未来を想像し、僕は喉奥で呻《うめ》いた。

◆◆◆

燦爛《さんらん》と輝く星を覆い隠すかの如く、黒い絵の具が無造作に流し込まれたかのように、どっぷりとした闇が広がる真夜中。

優しい花の匂いと、場にそぐわぬ軽快な音を鳴らす暖炉が、どこか異質な香りを醸《かも》す部屋の中、私と殿下は向き合って寝台の上に座っていた。

——今宵は、誰がなんと言おうと初めての夜である。

世の夫婦がどのような会話を繰り広げ、愛を確かめ合っているのかは知らない。

しかし、殿下のように、葬式の時のような暗澹《あんたん》とした空気を放ち、この世の終わりみたいな表情をなさっている新郎は、かなり稀有であろうということぐらいは、なんとなく分かる。

(怖いのかしら、それともお一人で夜を過ごしたいの?)

悶々《もんもん》とそんなことを考えていると、殿下は徐《おもむろ》に寝台脇にある机《テーブル》に置かれた瓶を開けた。葡萄《ぶどう》の果汁が入った果実水である。

馨《かぐわ》しい葡萄《ぶどう》の匂いと、甘くも刺激的な匂いが同時に部屋を満たし、水が杯に注がれる独特な音が鼓膜を心地よく揺らした。

殿下は私に杯を手渡すと、その場で深く頭を下げた。

「まず、謝らせてほしい」

突然のことに仰天し声を失う私に、殿下はくぐもった声を絞り出すようにして謝罪を続けた。

「侍女の件、本当にすまなかった。側室候補など……有り得ない。絶対に。不快な思いをさせたよね、申し訳なかった」

理解するのに少し時間がかかった。

なにをそんなに切羽詰まった様子で謝るのかと思えば、そのことか。妙な脱力感に襲われ、私は肩に入った力を抜く。

確かに、気分が良いものではなかった。

だが、決定権は私にはない。その時点で、誰がどうなろうとも気にするだけ無駄である。

私はそっと柔く笑んだ。

「殿下が謝られる必要はございません。私は気にしておりませんわ」

「……いや、どう考えても謝るようなことだよ」

悲愴な面持ちの顔を上げ、殿下は低く掠れた声で続ける。

「適当に生きてきた結果があれだ。心の奥底からぞっとしたよ、考えて行動していると思っていたけれど、その実なにも考えていなかったんだ」

そんなことないと首を振るも、殿下の艶美《えんび》な紅玉の瞳に光は戻ってこない。

自信に満ち溢れ威風堂々《いふうどうどう》とした皇太子殿下のお姿はどこへ。今ここにいるのは罪悪感と後悔に苛《さいな》まれている、たった一人の男性だった。

(私に素のままのお姿を、何度もお見せになるなんて……)

昔の殿下に出会えたような懐かしさを抱くと共に、素のままの殿下は私に謝ってばかりだと胸が痛んだ。

(改心してほしいとは願った。けれど、このようなことを望んだわけではない)

あくまで、愛憎に悶《もだ》える己の心を護るため。

あの時の私は、殿下のお気持ちを慮ってはいなかった。

その時、ふと思った。

――ままならぬ感情に悶《もだ》え苦しんでいるのは、沼に足を取られる中、どうにかして楽な呼吸をしようと足掻いているのは、私だけではないのかもしれない……

「彼女たちは各々の屋敷に丁重に送るように言ってある。たっぷり金を渡して、一応監視は付けさせているよ」

逆恨みでなにかをされてはいけないから、と殿下は続けた。

「僕の命令に背いた女官長は官職を剥奪《はくだつ》し、今は地下牢で尋問を受けている。不便をかけるけど、後任が決定するまではなにかあれば執事長に言ってくれ」

「ご命令に？　どういう意味です」

「……ジョージアナに仕える侍女の到着が少し遅れるから、臨時の侍女を女官の中から選ぶように命じたんだ。とは言っても、ジェーンが殆どやってくれるだろうから、形だけだけどね。しかし、用意されたのは僕が望んだものではなく、側室候補としての適正に重点を置いた者ばかりだった」

苦痛に塗れた口調で、吐き捨てるように仰る殿下。

(だからか……)

あの時の殺意を剥《む》き出しになさっていた理由について、私は納得した。

「誤解しないでほしいのだけれど」

殿下の穏やかな声が、空気を揺らす。

「ジョージアナ以外の女性を娶《めと》ることはないよ」

「……そのお気持ちだけで十分ですわ。何度も申し上げますが、皇族の殿方が側室を迎えて子を成すのは公務であり、義務ですから」

蛙の子は蛙。それを家臣が認めるはずがない。

陛下はあくまで、特例。

マーガレット皇后以外の妃を娶《めと》らずに済んだのは、陛下が賢帝と名高い一方、畏怖の対象でもあるからだろう。

皇族の男性は数多の女人を娶《めと》るのが、常識。当然である。

そんなことを考えていると、殿下が極めて静かな淡々とした声で、衝撃的な言葉を紡いだ。

「実は、後宮制度を廃止した。特別な理由がない限り、僕が他の令嬢を妃として迎えることはできない」

「後宮制度を、廃止した……？」

殿下のお言葉を理解した瞬間――私ははしたなくも、口を半開きにし、殿下を凝視した。

度がすぎたご冗談かと疑うも、殿下がそのような下らないことを仰るわけがないと考え直す。ましてや、いくら冗談であっても、その冗談は笑ってすますことなどできぬ話題。

私の衣装を何度も何度も褒めてくださった殿下が、そのような無神経なことを至って真剣なご表情で仰るとは、かなり考え難い。

（それでは……本当に、廃止を……）

衝撃的すぎる事実に呑み込まれそうになり、座っているのに、ふらりと倒れそうになる。杯を持つ手が震える。

(仰っていることは理解できたけれど、意味が分からない……)

長年、正室の頭痛の種となり、権力闘争の舞台ともなっていた、後宮。そこで美しく咲く花が、腹の内に眠る毒牙を露わにしなかったことなんて、一度たりともない。

過去には、寵妃による陰謀で他の妃が惨殺されるという、凄惨な事件もあった。

だのに、側室を迎えることを耳触りの良い言葉で積極的に皇子たちに勧めてきたのは、後宮が正室と国支える、最も強力な盾の役割も果たしていたからである。

何事にも、存在意義は付きもの。

だというのに――

私は衝撃から来る感情の乱れを深呼吸でなんとか落ち着かせ、殿下をしっかりと見上げる。驚きから平常心を欠いていた私は、殿下の色香ある艶めかしい瞳がわずかに揺れていたことに、気づかなかった。

「後宮制度を廃止するということがどういう意味なのか、分かっていらっしゃるのですか」

「勿論だよ」

「もう、私以外の妃を娶《めと》ることはできませんわ」

「問題ない、僕はジョージアナ以外の女性を娶《めと》るつもりはないから」

「私の与り知らぬ所で、別の女性を囲うことを」

「僕はそんなことしないよ。絶対に」

黙認などできません、と言い切る前に殿下が食いつく。いつもより熱が籠った声色だった。

「とはいっても、普通は、この言葉を鵜呑みにすることはできないよね……。ジョージアナの立場であれば、僕だって疑ってしまうだろう」

でも、と殿下は私を真摯に見つめる。

「万が一、そのようなことをするつもりが少しでもあるのなら、廃止になんて最初からしていないよ、ジョージアナ」

先程とは打って変わって、水のように澄み切った殿下の声音。

信じてと訴えているのではなく、ただただそこにある事実を述べる殿下に、私の中で燻《くすぶ》っていた疑問や不安がわずかに和らいだ気がした。

――廃止を成し遂げた当事者がそう仰るのだ。だというのに、要らぬ憂いに身を投じるのはあまりに頑愚《がんぐ》である。

皇族男性の特権とも言える後宮の門を壊したのは、誠意であり、贖罪《しょくざい》なのだろう。または、もう、他の令嬢に目移りなどしない、大切にするという、彼なりの意思表明。

（憶測ではあるけれど……。おそらく、間違ってはいない）

殿下の努力や思いやりを妻として、汲み取って差し上げるべきなのだろうか。

しかし……

「世継ぎ問題は、どうなさるおつもりなのですか？」

私は己の薄い腹を両手で押さえながら、暫《しば》し躊躇《ちゅうちょ》し、吐く息に音を乗せるように静かに問うた。

最も重要で見過ごせない問題を、捨て置いて良いはずがない。用意周到なお方だ、なにかしら手は打ってあるだろうが……

とても、手放しで喜び、これ以上ない僥倖《ぎょうこう》に破顔し、殿下を独占できる喜びに浸ることができる状況ではないのは、確かである。

子を産めぬ女性が、欠陥品だと嘲笑されるのは止むを得ないこと。私だって、覚悟はしている。なので、そういう場合に備えて皇族には後宮が存在するのだ。皇帝の血を絶やさないために。

正室が産めなければ、側室が産めば良いだけ。屈辱に震え、辛酸《しんさん》を舐めることになるのは、正室《私》だけなのだ。

しかし、後宮制度を廃止したとなれば欠陥品だと正室が嘲笑われるだけでは済まされないだろう。後宮制度の廃止を決定した殿下が、後ろ指を指されるかもしれない事実がおそろしくて堪らない。

(暫《しばら》くは、機能しないだろうとは思っていたけれど……まさか、廃止にしてしまうなんて)

世継ぎ問題で悩む日が来るとは、思いも寄らなかった。

「私が石女《うまずめ》であれば？　皇女しか産めなければ？　いずれにせよ、最終的に責められるのは殿下になります。、殿下の意見に賛同した貴族でさえも、軽率な行いであったと殿下を非難するはずです」

「ジョージアナ、安心して。そんなことにはならないから」

「……どういう意味ですか」

「ジョージアナが皇女しか産めなくても、子を授かれなくても、なにも問題ないように手配したということだよ」

「……第二皇太子妃をお迎えに？」

他国の歴史大事典には、第一王妃、第二王妃と、王妃にも位があると記載されていたことを思い出し、訝《いぶか》しげに問うた。

だが、殿下の渋いお顔を見る限りそうではないようだ。

「根本的な決まりを覆したんだ。帝には男がなるべき、次期皇帝の椅子に座るのは現皇帝の血を引いている者のみ、という腐りきった取り決めを」

——ということは、つまり……

私は殿下のお言葉の意味を理解し、目を見開いた。

気が遠くなるほど歴史がある帝国の長は、いつだって時の皇帝の血を引く皇子が選ばれてきた。

他国では、王位、帝位、継承に関して柔軟な考えが取り入れ始められているらしいが、皇統を重んじる帝国は一切を拒否し、『時の皇帝陛下の長子が次期皇帝となる』という考えを改める動きは、見受けられなかった。

帝国は初代皇帝から脈々と受け継がれてきた文化や制度、思想を尊重し、そこに異物が加えることを善しとしなかったのだ。

（それを覆してしまうなんて絶対にないと思っていたのに）

「本当にそんなことを……？」

ぞっとするほど美しい紅玉の瞳を見つめながら、素朴な質問を投げる。

やはり、信じらない。

……というよりも、殿下が私に下らぬ嘘をつく理由はないので、事実、廃止を成し遂げたのだと理性では分かっているが、あまりにも非現実的なお話すぎて感情が追い付かないのだ。

そんな私の考えが伝わったのか、殿下は「信じられないよね」と苦笑いを零した。

「でも、君に嘘なんてつかない」

歌うように殿下は淀みなく言う。

「男女平共に皇位継承権が与えられるように法を変えたことも、皇太子妃が一定の年齢に達しても身籠《みご》もらなければという条件の元、皇族の血が入っている者に限り、皇位継承権が与えられるということも。……全部本当のことだよ」

「……」

「だから、ジョージアナは不必要な心配はしないで、自由に好きなことをして過ごしてほしい」

「……」

皇宮は煌びやかな場所ではあるが、決して温かい場所ではない。口蜜腹剣《こうみつふくけん》な者で溢れている疑心暗鬼の世界だ。

幼い頃から理不尽かつ不平等な世界を知っているからこそ、もっと厳しく、孤独な結婚生活を想像していたし、非の打ちどころのない皇太子妃として生きていく、という覚悟が崩れることなんて一度たりともなかった。

そしていずれは、誰にも隙なんて見せない、完璧な皇后になる。

いっそ意固地にも思えるそれは、皇太子殿下の隣に立つ者として相応しくなるべく育てられた、公女《マリオネット》としての矜持《きょうじ》だった。

だが殿下のおかげか……もしくは殿下のせいで、そこまで身構える理由がなくなってしまった。

香と艶ある笑い声で包まれる後宮を、監視するという責任から。

第一皇子を必ず産まなくてはならぬという、重荷から。

殿下の手によって、私は解放されてしまったのだ。

(嘘みたい……)

有り得ないと、空気を震わすことなく口を動かす。

分かっている。有り得ないわけがない。それでも、あまりにも信じ難い話だった。

これは全て夢だと言われたら……ああ、やはりねと、納得してしまうぐらいには……あまりに、現実味がない。

試しに頬を強く抓《つね》ってみると、案の定、ひりっとした痛みが走った。

（なにをしているのかしら）

これが現実で実際に起こっていることだと分かっているのに、古典的な方法で確かめてみるなんて莫迦《ばか》なことを……そう己を自嘲《じちょう》していると。

殿下の冷たい手が、熱を孕んだ私の頬にそっと触れた。はっとして殿下を見上げれば、険しい顔をなさっていた。

「赤くなっている……どうして抓《つね》ったの？」

どこか非難するような口調の殿下から逃れるように、目線を外す。まさか、頬を抓《つね》ったことを咎《とが》められるとは思っていなかったのだ。

「……これが、現実に起こっていることなのか、それとも私の都合の良い夢なのか……確かめようと思ったのです。それぐらい、私にとっては衝撃的なお話でしたので」

素直に白状すると、殿下はどこか沈んだ声で謝罪をする。

「……事前に知らせることができなくて、すまなかった」

「いいえ」

殿下の冷たい手によって頬の熱が引いていくのを感じながら、私はわずかに首を振った。

「どのみち、驚くことに変わりはありません。ですのでこれ以上、殿下が謝られる必要はございませんわ」

（むしろ、殿下は効率の良い手段を択ばれた）

沈黙を守った聡い殿下を見つめながら、本当に英邁《えいまい》なお方だなと感嘆した。

殿下から相談を受けていたとしても、予めこうすると知らされていたとしても、私は立場上、賛成することはできなかった。

クロローム公爵令嬢と皇太子殿下の政略結婚であって、ジョージアナとランドン様の双方の意思による結婚ではない。したがって、私は公女としての対応を求められることになる。

私情を一切挟まない、皇太子妃としての見方をすれば、後宮制度廃止などとんでもないお話である。当然、殿下のなさることに、異を唱えることになっただろう。

実際に、クロローム公爵がどういう対応を取ったのかは存じ上げないが、公爵家から反対意見が挙がれば、たとえ相手が皇族でも我を通すことは困難になる。

余計な邪魔をされずことを成し遂げるのならば、少なくとも私の耳に届かないように周到に手回しをするほうが、合理的かつ賢明であるということに間違いはないのだろう。

そんなことを考えていると、痛みがすっかり引いた頬から殿下は静かに手を離し、柔く笑んだ。

「実は、今回僕が我儘《わがまま》を通すことができたのは、ジョージアナと関わりのある貴族たちが取引によって、動いてくれたことが大きいんだよ」

私は片眉を上げげた。

殿下一人の力でどうこうできる問題ではないので、殿下の意見に賛同した貴族が一定数いるということは分かるが、取引という単語が引っかかる。

「一体、なんの取引なさったのですか」

「口止めされていて、取引内容は言えないんだけれど。ミジュエット侯爵とアーガスト伯爵が協力してくれたんだ」

私はそのお言葉に目を丸くした。

ミジュエット侯爵とアーガスト伯爵は私の親友、クレア様とミランダ様の父親である。

親しくするにあたり、家柄の釣り合いが取れていたためなにも言われなかったが、両家とクロローム公爵家とは敵対関係でもないが、友好的な関係を築いているとも言い難い。

特に、ミジュエット侯爵は密かに娘であるクレア様を第二妃にしようと企んでいたのである。己に不利な状況となるのに、協力してくださったなんて俄《にわか》かに信じ難いことであった。

優し気な印象を与えるお方だが、狡猾《こうかつ》なお方でもある。そんな彼を味方にするだけの手札を、殿下がお持ちになっていらっしゃったということなのだが……

「余計に取引内容が気になりますわ」

考えても分からない。素直にそう問えば、殿下はふっと微笑んだ。親に内緒で悪戯をしているような、年相応の笑顔であった。

「あんまりそんな可愛い顔をしないで。うっかり教えてしまったら、睨まれるのは僕なんだよ」

私は持っていた杯を両手で握りしめ、殿下が久しぶりに私に見せた、素のままの笑顔に奥歯をぐっと噛みしめる。

教える気のない相手にしつこく訊ねるのは、淑女らしからぬはしたない行為だ。

「……もうそろそろ休まなくては。殿下もお疲れでしょう」

時計が示す時刻に、私は暖炉で今も尚燃えている炎を消そうと立ち上がろうとした。

「待って、ジョージアナ」

私の腕を掴んだ殿下が、どこか私を観察するように見上げた。

「火を消す前に……ジョージアナの意思を確認させてくれないかな。無理強いしたくはないんだ」

どこまでも凪ぐ海のように、静かではあるが居心地の良い優しい空気が漂う中、殿下が投げた言葉が小さな水滴と化して落ちた。

◇◇◇

堪えきれずもれた欠伸を零し、隣で眠っていらっしゃる殿下の麗しい横顔を眺める。

(寝顔を、この目で見ることができる日が来るなんて……)

本当に結婚してしまったのだと、改めてその事実の重たさを実感する。それと共に、私の真意を確かめようとする殿下の真剣な表情をふと思い出し、ぐっと瞼をきつく閉じた。

(ジョージアナ《私》としての意見なんて、どうだって良い……)

求められるのは、英邁《えいまい》で眉目秀麗《びもくしゅうれい》な皇太子殿下の隣に立っていても遜色ない、完璧な皇太子妃である。そして、その絵図を品よく保つ、いかにも皇太子妃らしい言動だ。

だから常に、模範解答を行う必要がある。

一度の過ちさえも許されない。過酷で無情な世界の上に立つということは、そういうことなのだ。

(殿下がなにをお考えなのか、おおよその見当はつくけれど)

彼が与えてくれる全てを歓喜し、図々しく受け取ることなどできない。私たちは腐っても皇族であり、次期皇帝と皇后。

「甘えは許されないのです、殿下」

まるで自分に言い聞かせるように、ぽつりと言葉を零す。

帝国が求めているのは、殿下の隣に立ち、政治についての意見を交わすことができる、賢くて自立した妃。ならば、そのように振舞わなければならない。

……皇子を産んで、妃としての地位を確固たるものにし、完全無欠な皇太子妃になる。

(それが、私の存在意義よ)

――決意を新たにした私は、それがある意味無駄な覚悟になるということを、知らなかった。

◇◇◇

皇太子妃になったら、睡眠時間が二時間三時間ということが、日常になるのだろうなと思っていた。

なにせ、公女の時だって、まともな睡眠時間を確保するのは非常に難しかったのである。

妃教育と学園の勉強との両立が大変だった、というのもあるが、公女としての仕事を疎かにできなかったというのも大きい。

その上、お茶会や舞踏会等々、嘘か真か知れぬ情報が交錯する場所には極力、参加するように心がけていたのだ。

無論、強制ではない。

公女の地位ともなれば、己の都合で欠席することも可能である。

しかし、ありとあらゆる情報を入手し、場合によっては不利な状況に陥らないように先回りして手を打つ必要もあったので、欠席という選択肢を選べる立場ではなかったのだ。

誰よりも狡猾《こうかつ》に、より冷酷に動かなければ、簡単に出し抜かれる世界。常に警戒し、戦々恐々としていた。

……今思えば、私は一時でも気を抜かず、いつだって最上を求め……そう、疲れ果てていたのだ。

長年の疲労と、恙《つつが》なく結婚式及び披露宴が終わったことに対する形容し難い安堵と、後宮制度廃止という、驚愕《きょうがく》すべき事実に対する妙な脱力感などが合わさり。

穏やかで深い眠りへと、図らずとも落ちてしまったのだろう。

(だとしても、お昼までぐっすり寝てしまうなんて……)

失態である。

いくら休日とはいえど、初日からこのように怠けていてはいけない。

「ジョージアナ？　難しい顔をしているけれど……やっぱり、どこか痛む？」

クリームと苺たっぷりの出来立てほやほやパンケーキに舌鼓を打つ私を見つめていた殿下が、どこか心配そうに問うてきた。

ちなみに、起きて早々空腹を訴えた私のお腹の虫に従うように、殿下がわざわざ厨房に行って持ってきてくださったパンケーキである。

「……いえ。それについては、お気になさらず」

すぐに、昨晩のことを仰っているのだと分かり思わず遠くを眺める。

妃教育の一環として組み込まれていた授業では、それはそれは大変な負担を伴うと教わったのに、覚悟していたほどの苦痛はなかった。

おまけに、そのあとの殿下は驚くほどお優しくて、ご自身が眠ってしまうまであれこれと気を使ってくださったのだ。

(殿下が私を、大事にしてくださっている)

それが泣きたくなるほど、切なくなるほど、よく伝わる時間だったとも言えよう。

――いっそ、欲を優先して、手酷く扱ってくだされば良かったのに、中途半端に情けをかけてくださるから。

（本当に、質が悪い）

「それよりも」

私は苺にナイフを入れながら、目覚めたその瞬間から抱いていた疑問を言葉にする。

「ここは私の寝室です」

「そうだね」

「殿下の寝室はお隣にあります」

「……うん？」

「誤解はなさらないでください。邪魔というわけではありません。しかし、ここにいても退屈なのでは？　気を使って私と一緒にいてくださらなくても、結構ですわ」

——誰がなんと言おうと、あくまで善意だった。

夫という枠に入った殿下が、気を使わなくても妻《私》の側を離れられるように、我儘《わがまま》に分別なく喚く己《本音》を理性で抑え込み、ある種の切り札を作って差し上げた。

そのつもりだったのだ。

……しかし。

殿下のお顔を見た瞬間、申し上げてはいけないことだったのだと。

殿下の心に鋭利で即効性の毒塗れの短刀を、突き刺してしまったのだと。

そう気づいた。

その瞬間、さあっと血の気が引き、慌てて撤回しようとしたが。

ふらりと殿下が立ち上がって、「気が付けなくて、ごめんね。もう戻るよ」と、どこまでも慈愛《じあい》の籠った優しい声で謝られると、席を立たれてしまった。

先程までの殿下は、至極楽しそうに、嬉しそうに微笑み、蜂蜜の中に砂糖を入れじっくりと煮込んだかのような、そんな甘い雰囲気を纏われていたのに。

今は、打って変わって、冷徹で暗澹《あんたん》とした闇を纏い、ただならぬ悲愴感を漂わせておられる。

幽霊の如く真っ青なお顔色が。

意気消沈したそのご様子が。

虚無と絶望を抱いた、その艶やかな紅玉の瞳でさえも。

私の良かれと思って紡いだ言葉《凶器》によって、相当な打撃を受けられたのだと、痛いほど訴えていた。

(なによりも大切にしなければならないお方を、傷つけてしまった……)

己の失態に、フォークとナイフを持つ手が微かに震える。真っ白な絵の具が頭の中を無造作に塗りたくり、なにも考えられない。

……だがしかし。

伊達に貴族界隈の上位に立っていない。皮肉なことか、運良くか。こういった状況には、心身共に慣れていた。

こういう場合において、やるべきことは、一つ。

自身にとって、なにが優先されるべきことなのかを明確にすることだ。

「お待ちください、殿下」

出て行こうとされる殿下に駆け寄り、彼の服の袖口をぐっと掴んだ。

はしたないことだと、理性が非難する。許可なく旦那様の袖口を掴み、行く手を阻むなど言語道断だと。

クロローム公爵家が望んだ、完璧な皇太子妃らしく。

皆が羨望する、お美しい公女らしく。

いつだって冷静沈着に、どこまでも優雅な行動を取ることを、意識せねばならない。

それでも。

それでも、殿下を止めたのは……

「……ジョージアナ？　どうしたの」

殿下の困惑したような、驚いたような声が私の鼓膜を心地よく撫でた。その声音に促されたのか、口から心の声がぽろりと滑り落ちる。

「行かないでください」

「……え」

「殿下さえよろしければ……ここに、私の側にいてくださいませ。お願いします」

至って真剣で真面目で、尚かつ必死な私の言葉に、殿下はわずかに目を見開き……優しく笑んだ。瀟洒《しょうしゃ》な扉の取っ手を掴んでいた殿下の手が、するりと私の頬を撫でる。

「お願いするのは僕のほうだよ……。本当にいいのかい。僕がジョージアナの側にいても」

「はい」

「……ありがとう、ジョージアナ」

殿下は私の手を引き、再び長椅子に座るように促しながら、ふわりと微笑んだ。

「考え直してくれたんだよね？」

殿下のその言葉に、私は一拍置いて頷いた。

「ご不快なことを申し上げてしまい、申し訳ございませんでした。許してくださいますか？」

「勿論だよ。でも、謝ることではない。考え直してくれただけで……僕は、とても嬉しいから」

（いいえ。考え直したわけではありませんのよ、殿下）

——だって、それが紛《まぎ》れもない本心ですもの。

朝起きた時、殿下が私を待っていてくださったこと。

蒸した温かいタオルで、体を拭いてくださったこと。

わざわざ、パンケーキを用意してくださったこと。

そのどれもが、お母様や教育係が仰っていた言葉とは、それを踏まえて己が想像していたものとは、大きく違っており……

酷く混乱するのと同時に、殿下に私は愛されている、これ以上なく大切にされているのだと、確かに感じた。

だからこそ、不本意なことを申し上げたのだが。

それが殿下を傷つけることに直結するなんて、思っていなかったのだ。

けれどこのことを、わざわざ殿下に申し上げる必要はないだろう。そう思いながら、私は再び椅子に座り、ナイフとフォークを握った。

まさか、殿下が私のその考えに気づいていらっしゃったなんて、夢にも思わなかったのである。

◇◇◇

パンケーキを食べ終えると、お腹が満足したからか瞼が重たくなってきた。太陽の光で体も温まり、それがさらに眠気を助長させる。

家畜でもあるまいし、好きな時間に起きて出されたものを口にし、満足したら寝るだなんて流石に妃として如何なものか。そう思った私は、鉛のように重たい瞼を擦って襲いかかってくる眠気をなんとか誤魔化していたが、限界に達したようだ。

朦朧《もうろう》とした意識のまま欠伸を零す私に、殿下が子守歌を紡ぐような優しい声で仰った。

「眠たいの？　ジョージアナ、寝てていいよ」

居心地の良いソファと気温でまどろむ中、辛うじて残っている理性がいいわけがないと、反論する。

本来ならば、今すぐにでもお風呂に入り体を清め、畏まった衣装を着て、この宮殿の女主人としての仕事を覚えなくてはならない。女主人が長らく不在だったこの宮殿を、長く管理していた上級使用人とは特に話すことが沢山ある。

平日は皇太子妃としての公務も覚えなくてはならないのだから、休日にできることはしておいたほうが良いだろう。寝ている場合ではないのである。

しかし、体は貪欲に睡眠を欲している。

必死に瞼を開けようとしたが、努力も虚しく、とうとう閉じてしまった。その時、頭になにかふにっとしたものが当たった気がしたのだが……それがなにかを考える前に、私の意識は眠りの海へと落ちていった。

◆　◆　◆

緊張や、恐怖、責任感などから一時的であれ解放された——その反動だろうか。

夢と現《うつつ》を何度も彷徨い、結局、夢の世界へと落ちてしまったジョージアナ。溢れ出そうな愛おしさを抑えつつ頭に軽く唇を落としながら、かなり疲れていたのだなとため息をついた。

首や腰を痛めてはいけないと、抱きかかえて寝台に寝かせても。

艶やかで、微かにラベンダーの香りがする美しい髪に唇を落としても。

規則的な寝息を乱すことはなく、目覚める気配もなかった。

（自然に起きるまで、寝かせておくか）

太陽の光を遮断するためにカーテンを引き、寝台の近くにあった椅子に腰を下ろす。

そして、今のうちにと、後宮制度廃止諸々を優先していたため、後回しにされ埃《ほこり》を被り始めていた書類を片付けることにした。

流石に、暴君と賢帝という二つの名を恣にする皇帝陛下と言えよう。

ジョージアナに休日はあれど、異例なことで陛下の手を煩《わずら》わせた僕には、至極当然ではあるがそのようなものはない。

満面の笑みを貼り付けたエドワードが「追加です」と持ってきた書類と、執務室に鎮座している大量の書類を思い出しながら、借りは速座に返せということかと、心を無にして取り掛かっていると。

（流行り病に関する報告書？）

いかにも高慢な貴族らしい字で書かれた報告書には、秋の終わりから春の始まりにかけて流行する病について記されていた。予防薬やそれに準ずる薬が開発されているが、毎年かなりの死者数を出す、おそろしい病である。

神が病という得体の知れぬものを利用して、帝国をかき乱すことを愉しんでいるようだ。

（実に忌々《いまいま》しいものだな）

ふと、そこでとある出来事を思い出した。

まだ僕の婚約者候補の一人だったジョージアナが、高熱を出して寝込んでしまった時のことである。ただの夏風邪だと聞いたが、心配だったので様子を見るだけでもと、彼女が住まう公爵邸へとお見舞いに行ったのだ。

（辛そうだったな……）

高熱に魘《うな》され、呼吸を荒くし、頬紅を塗ったのかと思うほど赤く火照ったジョージアナの顔を思い出し、思わず胸が痛くなる。当時も苦しそうに呻《うめ》く彼女を見て、己まで病に罹ったような苦しさに襲われたものだ。

僕は、公爵夫妻が不在だったのをいいことに、ジョージアナ付きの侍女たちと一緒に彼女の看病をした。汗を拭い、手を握り、額に冷たいタオルを置く。並べると簡単な作業だが、なかなかそうでもなかった。

看病する相手が苦悶《くもん》の表情を浮かべる度にこちらまで苦しくなる。代わってやれたらと思わずにはいられなかった。

（何故、その時に気が付かなかったのか）

流行り病に関する報告書を処理済みの書類の山の上に置きながら、己の愚鈍さに呆れ果てた。

ただの婚約者候補である令嬢の屋敷に足を運び、看病までする理由を。

高熱で意識が朦朧《もうろう》とし、苦しんでいる彼女を見て胸が痛んだ理由を。

（考えたら、すぐに解ることなのに）

愚か者というのは愚かになるべくしてなっているのだろう。僕は別の書類を手に取りながら、重たいため息を落とした。

――それから、約一時間後。

すぅっという愛らしい彼女の寝息と、書類を捲る音、掛け時計の時を刻む音だけが響く静かな室内に、扉を叩く乾いた音が響いた。

入室を許可すると、「失礼します」という声と共にジェーンをはじめとする、女性たちが入ってきた。

皆、皇太子妃専属侍女になった者たちである。

――或いは、クロローム公爵令嬢専属侍女でもあった者たちとも、言えよう。

侍女たちは僕を見てやや驚いたもののあからさまに表情を変えることはなく、深く頭を下げ、到着が遅れたことを謝罪し、各々自己紹介をしていった。

（なるほど、粒揃いというのもあながち嘘ではないようだ）

元女官長によって連れてこられた者たちとは、纏う雰囲気やものの言い方、佇まいからして違う。

（ジェーンが特別なのではなくて、これが当たり前だと言わんばかりだ）

金と地位に魅入られた者と、忠誠を誓った主に仕えるために働く者とでは、これほどまでの差が生まれるのかと瞠目《どうもく》する。

ジョージアナが可愛がり、公爵の「妃の侍女として問題ない」というお墨付がなされただけある。

しかし、この時間になってもまだ眠っている主に驚き、心配をしているのか、皆どこか心ここに有らずという感じではあるが……

「ジョージアナはお昼寝中なんだ」

言外に一度は起きたのだということを伝える。

「左様でしたか」

「疲れているだろうから、暫《しばら》く寝かせておくつもりだよ」

「……畏まりました。妃殿下がお目覚めになった際、御用がございましたらお呼びくださいませ。御前失礼いたします」

再びお辞儀をして、退室する侍女たち。

顔には出していないが、どこか悄然《しょうぜん》とした様子であった。

無理もない。侍女たちは事前に公爵から「引き続きジョージアナに仕える」ということを告げられていたはずだ。そして同時に「決して娘には言うな」とも釘を刺されていたのだろう。

忠誠を誓い、心を捧げているのはジョージアナであっても、雇い主はあくまで公爵である。彼に逆らうことは解雇と同義。

したがって止むなく、侍女たちと離れることを寂しがるジョージアナに合わせるように、芝居を打ったのだろう。

どのような経緯や理由があれど、結果的に慕っている主を騙したことに変わりはない。気を許した者には寛大なジョージアナだが、使用人如きが主を騙すなんてと、怒る可能性だってなきにしも非ずだ。

(申し訳ないことをしたな……)

しかし、騙す形になることを承知で、ことを進める他なかったのである。

聡いジョージアナが、妃の侍女において囁かれている暗黙の了解を知らぬわけがあるまい。

芋蔓《いもづる》式に後宮制度廃止諸々の事実に辿り着かれるのだけは、なんとしても避けたかったのである。

でもと、僕は心の中で思う。

完璧であることに拘泥し、有能な者を側に置きたがるジョージアナが、どのような理由はあれど遅刻してくる侍女を側に置くことを果たして黙認するだろうか。

「……食えないよね、君も」

僕は愛しくて堪らないジョージアナの寝顔を見て微笑み、再び溜まった書類の整理に没頭した。

◇　◇　◇

「ここ最近、鼠がうろちょろと煩《わずら》わしい」

陛下のその言葉に、僕は熱くも冷たくもない紅茶を嚥下《えんげ》しながら、「けしかけたのは陛下ではないですか」という文句を、ぐっと抑え込んだ。

その話は無論、僕の耳にも届いている。

それを承知の上で、徐《おもむろ》に、なんてことない雑談のように切り出すのだから、腹の内が知れない。

受け皿に音を立てずに持っていたカップを置き、僕の瞳よりずっと濃く、ずっと昏《くら》い紅が、陛下の瞳の中でどろりと蠢《うごめ》くのを見つめた。

(どのみち、僕は陛下の掌で踊らされることしかできない)

太刀打ちできない相手に歯向かうなど、烏滸《おこ》の沙汰。下手に逆鱗に触れるよりは、喜んでもの分かりが良く賢い駒となるほうが、賢明である。

「それはいただけませんね。……こちらで、処理をいたしましょうか。殺鼠剤のような効力はありませんが、釘を刺すことぐらいはできるかと」

「いいや」

僕の提案に、陛下は首を振った。

「どのみち、厄介《やっかい》で目障りな鼠であることに違いはない。良い機会だ、鼠を飼い殺す」

その言葉に動揺を隠すことができなかったのは、止むを得ない。

「真ですか」

「ああ」

「……御意」

「して、皇太子」

陛下は机の上に置かれている葡萄《ぶどう》を一粒取って、掌で転がしたかと思うと、なんの躊躇《ためら》いもなく、表情なく潰された。

憐れな生贄となった葡萄《ぶどう》は、ぷつっという小さな悲鳴を上げ青紫色の血を流し、陛下の手と服を遠慮なく汚していく。

その様に無感動な眼差しを注ぎながらゆったりと、しかしどこまでも温度のない声で、陛下はのたまった。

「大輪の薔薇《ばら》はどのようにして、その美しさを魅せてくれるのだろうか。艶やかな花弁を纏うだけでは、太陽の光に照らされるだけでは、多くの者を虜にすることなど到底できまい」

「……」

「私にも見せてくれるな？」

陛下の執務室を退室し、ジョージアナがまどろむ宮殿に帰るべく馬車に乗り込みながら、どうすべきかと頭を抱えた。

(妙案とは言い難いが……陛下の案には、賛成だ)

前皇后の実父であり、現皇帝の義父であり、皇太子の祖父でもあるセゼヌ伯《鼠》爵。

煮ても焼いても食えぬ貴人である。

引き続き領地に大人しく引きこもっているか、爵位を親族に譲って余生を過ごしてくれていたら良かったものを。

(あの時、結婚式《ジョージアナ》に興味を示してしまったから)

その結果がこれである。

(陛下としては、さっさと帝都から追い出したいのだろうけれど)

僕が生きている限り、そうは問屋が卸さない。

皇太子の祖父という地位は、それなりの権力を有するのだ。

それならば、囲って、その甘い蜜《能力》を陛下に献上させるしか道はない。

(……でも)

月夜に照らされる皇太子宮を見上げ、なにも皇太子妃がことに当たる必要などないはずだと、澄んだ空気を澱《よど》ませることなく言葉を落とす。

彼女ならば陛下の期待を裏切ることなく、獲物に悟られぬように透明な、しかし確固たる罠を張り巡らし、上手くセゼヌ伯爵を囲ってくれるだろうが……

僕や、陛下が信頼を置いている者だって実現可能な仕事でもある。

だと言うのに、セゼヌ伯爵の行動に制限をかけるために、皇太子妃を使うのは幾分大袈裟ではなかろうか。

セゼヌ伯爵自身も、陛下に目を付けられると分かっているだろうに、目立つような行動を取るなんて、彼らしくない。

もしかして、目的そのものが違うのではないかという考えが、一瞬脳裏を掠めるものの。だとしたら、違う方法を提案されるだけだろうとすぐに考え直す。

組んでいた右足を、左足に変えながら、ふと思った。

——目的が違うのではなく……

「悪いけれど、急ぎで調べてほしいことがある」

◆　◆　◆

「内緒にしていて申し訳ございませんでした」

「どうか私たちに罰を」

非の打ちどころのないお辞儀をしながら、主を欺《あざむ》いた責任を取ろうとする真面目な侍女たちに、私は思わず苦笑をもらした。

たとえ、どんな悲しい裏切りをされていても。

長い間、私の絶対的な味方でいてくれた侍女たちを、この手で罰することなんてできるわけがない。

「顔を見せてちょうだい。私は怒ってなんていないわ、信頼しているあなたたちとまた過ごせるというのに、どうして怒れるの」

――但し。侍女たちには、だけれど。

涙ぐむ侍女たちに柔らかく微笑みながら、心の中でぽつりと呟く。

違和感を与えてしまえば、そこで試合終了《ゲームオーバー》。首元に剣を突き付けている状況と、なんら変わらない。

（詰めが甘いですわよ、殿下）

一体、どこまで私をどろどろに甘やかし、守り、愛でる気なのだろうか。一度、殿下に正式に抗議を入れなくては、益々悪化しそうだ。

籠の中で守られることでしか生きていけない、儚い蝶ではなく。

殿下の隣で同じものを目指し、殿下をお支えできる妻になりたいのだ。

（ただ、それだけなのに）

私は安堵からか大号泣している侍女の頭を撫でながら、難しいものだと、小さなため息を落とした。

◇◇◇

「猫って癒しだね、初めて知ったよ」

「……陛下になにか言われましたか？」

殿下がそんなことを仰るなんて珍しい。

昨夜、殿下が陛下に呼び出されたのを知っていたのでそれとなく訊けば、彼は軽く顔を歪めた。

「中《あた》らずと雖《いえど》も遠からずという感じかな」

（……大変そうね）

私は陛下の腹の内が見えない不気味な笑顔を思い出して、鳥肌が立った腕を摩った。お父様も苦手だが、陛下はもはやそんな程度ではない。

可能ならば関わりたくはない御仁である。

そう考えると、あの陛下の寵愛《ちょうあい》を一身に受け、それでも朗らかに笑っていらしたマーガレット皇后陛下はやはり偉大なお方である。

「もっと警戒するかと思ったけれど。僕が近寄っても逃げないね」

改めて彼女の存在の尊さを痛感していると、殿下は私の膝上で呑気にも欠伸をしている愛猫を見ながら言った。

その手には猫じゃらしやお肉があり、なんとか愛猫の興味関心を引こうと必死である。そんな殿下に思わず目を見開いた。

誰にでも平等にお優しい殿下は、他の貴族のように愛猫を煙たがることはないと思っていたが、まさか率先して関わろうとしてくださるとは。

「どうしたら僕にも懐いてくれるんだろう。鮪《まぐろ》を与えても、肉を与えても、猫じゃらしを揺らしても、僕に近寄っても来ない。嫌われているのか？」

私の膝上に座り、猫にとっては耐え難い誘惑であろう餌にも素知らぬ振りを決め込む愛猫に、私は笑いそうになるのを堪えて首を傾げた。

「殿下が臭うのでは？」

「えっ」

「真に受けないでくださいませ、冗談です」

「ジョージアナ……」

弱った声で名前を呟かれ、私は堪え切れずふふっと笑った。

その気になれば、絶対零度の眼差しで貴族を黙らせることができる皇太子ともあろう者が、猫に振り回されている。

なんて面白く、素敵な光景であろうか。

「猫は気高く、誰にでも尻尾を振るわけではありませんの」

艶やかな毛を撫でながら、歌うように言葉を紡ぐ。

「ですから、急いで仲良くなさろうとする必要はありませんわ。殿下が仲良くなさろうと努力なさっているのを、この子はきっと分かっています。そのうち、この子の方から甘えてくるはずです」

「飼い主の君が言うのだから、間違いないだろうけれど。でも、その前に洗礼を受けそうだ……手袋をしようかな」

先程、背を撫でようとして威嚇されたことを気にしていらっしゃるのか、殿下はどこか遠くを眺めながらそう仰った。

（愛猫まで、気にかけてくださるなんて）

皇后宮で偶然、保護した猫。

痩せ細り、泥に汚れて、今に力尽きそうだった。私に擦り寄り、消え入りそうな鳴き声で甘えてくる猫が、私には守ってあげなくてはいけない存在に思えたのだが。

残念ながら周囲の意見は違ったようであった。

しかし、殿下は顔色を変えることはなく、メイドたちに的確な指示を出し、小さな命の灯を救うことにご尽力くださった。

（そういうお優しいところは、やはり、変わらないのですね）

再び愛猫に挑戦し、敢えなく敗戦した殿下を見ながら、もう一度ふふっと微笑んだのであった。

◆　◆　◆

穏やかな空気が室内に漂う中。

暖炉の前で、鳥を模した人形と戯《たわむ》れる猫を慈愛《じあい》の籠った表情で見守っているジョージアナを見ながら、どうセゼヌ伯爵のことを話そうかと、唇を噛んだ。

できることならば、セゼヌ伯爵をジョージアナに近づかせたくはない。いくらマーガレット皇后の実父とはいえど、実態が掴めない貴人を、誰が大切な人に近づかせたいと思うだろうか。

(なにが狙いで近づいてきたのか)

それだけでも知ることができたら良いのだが。

なにを隠そう、セゼヌ伯爵の側から陛下を介してジョージアナに近づいてきたのだ。

先手を打つべきなのか。

状況を静観するべきなのか。

ぐらぐらと揺れる天秤に頭を悩ませる。

しかし、頭を悩ませたところで、妙案を絞り出したところで、陛下の掌で踊らされているという状況に変わりはない。

(卑怯な人だ)

僕が陛下に逆らえないのを知っていて、陛下を媒介者にしたのだから。推測にすぎないが、陛下の使い勝手の良い手駒になることを、条件に。

それはそれは、陛下としては愉快極まりないだろう。

加えて、蛇蝎《だかつ》の如く嫌っていた自身に自発的に関わろうとするとは、ジョージアナに一体どんな魅力があるのかと気になるのも、当然である。

（最悪だよ、本当に……）

悶々《もんもん》と考えていると。

「殿下」

遊びすぎて疲れたのかぺろっと舌を出してジョージアナの腕に体重を預けている猫と共に、彼女が僕の隣に座った。

「先程から、なにをお考えで？　難しいお顔をなさっておいでですわ」

漠然と、今、話すべきではないと思った。

今すぐどうこうという話ではないので、少なくても皇太子妃としての仕事に慣れてから知らせるほうが良いだろうと。

「……明後日から、公務が始まるから面倒だなと思ってね」

「なにか気にかかるようなお仕事でも？」

「そういうわけではないよ。公務に追われる日々がまた始まると思うと、気が滅入るだけだ」

「……左様ですか」

ですが、と続きを紡ぐジョージアナ。

「それだけではないのでは？」

「……え」

「無理に全てをお話しくださいなんて、そんなことは申し上げませんわ。殿下が大丈夫だと仰るのならば、大丈夫なのでしょう。ですが、なにも全てをご自分で解決なさる必要はありませんのよ。殿下には陛下や私といった、味方がいます。それをお忘れなく」

ジョージアナはそれだけ言うと、なにを言われたか上手く処理できず呆然とする僕を残して、猫を寝かせてくると言って退室した。

薄紫色のドレスを翻《ひるがえ》し、未練などないとばかりに颯爽と部屋を出て行ったジョージアナ。

その残像を眺め終え、徐々に頭が現実に追いつき始めた僕はソファの背もたれに体重を預け、しっかり締めていたタイを緩めながら、熱が集まる顔を両の手で覆った。

第四章　対等

「本日から妃殿下のお側でお仕えいたします、イーサン・セゼヌにございます」

紫水晶《アメジスト》の瞳に柔らかな光を灯らせ、恭《うやうや》しく頭を下げる伯爵に、私は驚きを隠せなかった。

セゼヌ伯爵が側近として理想的な人材であるというのは、言うまでもないことである。

政界から手を引いた期間は決して短くはないものの、皇帝の補佐官として辣腕《らつわん》を振るった貴人である。その能力は折り紙付きだ。

そんな頼もしい者が、己の側でその才を遺憾《いかん》なく発揮してくれると言うのだ。

本来なら、とても光栄なこと。

(でも)

私の傍らに立ち、あれこれと書類の説明をしていく伯爵を見上げながらふと思った。

(殿下の悩みの種は、セゼヌ伯爵で間違いない……)

――なにをそんなに、警戒なさっているのか。

その理由がなんとなく分かるだけに、苦い顔をするしか他なかった。誰だって己を厭う者が妻の側で働くこととなったら、警戒するものであろう。

今日は初日ということもあり、これといった公務はない。

なので、今後の日程や、近々開かれる、政治的な思惑が交錯するお茶会参加者の名簿を確認するなどして、時間を潰すこととなった。

そのお茶会の名簿欄に、親友たちの名前がなかったことが引っかかったが。皇太子妃の学友ということで、除外されたのだろうと深くは考えなかった。

名前の記載がないほうが、私としては好都合であったというのも大きい。

そして、案の定。

セゼヌ伯爵の能力は一切、衰えてなどいなかった。

機転が利き、用意周到。博識な上、どのような書類においても微に入り細を穿《うが》った説明をしてくれる。

(沈丁花《じんちょうげ》は枯れても芳《かぐわ》し、ね。陛下が欲しがるわけだわ)

「こちらも念のため、ご用意いたしました」

そう言って渡された書類は、第二妃候補及び側室候補に挙がっていた家門と、お茶会参加者の簡単な性格や容姿の特徴が明記されているものだった。

丁度、欲しいと思っていた書類だったため、本当にお仕事ができるお方だと感嘆した。

「お名前の隣に赤丸がございますが、これはお茶会に参加する貴族令嬢という印でございます」

「厄介《やっかい》な貴族の名もありますね……」

「なるべく、刺激なさらないように避けておいたほうが良いかと。所謂《いわゆる》反皇太子派でして、聞くところによると後宮制度廃止においても、反対の姿勢を崩さなかったそうです」

「……青い丸は」

「……こちらは」

セゼヌ伯爵は一瞬、言いづらそうに口を噤んだ。

それだけで分かってしまい、皆まで言わなくて良いと片手を上げる。よく見れば、青い丸の名前は全て見覚えのある名前だった上、同じ年代の令嬢。

伯爵がわざわざ分かりやすく記してくださっているのに、すぐに察せなかった己に辟易《へきえき》した。随分、平和な頭になってしまったものだ。

(ジェーンに調べさせたことがあるとはいえど、何度も見るのは気分が良いものではないわね)

賢明な伯爵はなにも言わずそれに従い、徐《おもむろ》に時計を見上げた。

「そろそろ休憩しましょうか。伯爵領の名産品である葡萄《ぶどう》を持ってきましたので、ぜひ、召し上がってくださいませ」

◆　◆　◆

葡萄《ぶどう》と季節の花茶で小腹を満たした、そのあと。

小用で妃の執務室を出た先にいたのは、皇太子の側近。彼は私を見ると、頭を深く下げた。

(耳が早いな)

予想より早い登場に、思わず顔を顰《しか》めた。

◇　◇　◇

「ごきげんよう、皇太子殿下」

案内された煌びやかながらも男性らしさを醸《かも》す部屋には、椅子に座り書類を捌いていたらしい殿下がおり、私の存在を確認するや否や不愉快そうに眉を寄せた。

自身の執務室に呼びつけたのは皇太子のほうなのに、随分失礼である。

「座ってください、伯爵」

皇太子が指し示したソファに腰を下ろすと、彼は早速本題を切り出した。

茶菓子も出さず、前置きも置かないで本題とは。せっかちな若人である。

「随分、御機嫌に見えますが。ご自分の思い描く通りにことが運んだことが、それほど嬉しいですか」

案の定、私が志願したことまで調べていたらしい。陛下が尻尾《ヒント》を出したのか。

(それにしても、分かりきっていることを訊くな)

嬉しいか嬉しくないかと問われたら、嬉しいに決まっている。わざわざ、陛下に頭まで下げて手に入れたのだ、嬉しくないわけがない。

妃殿下のお側にお仕えしたいと願った理由はなんとも単純だ。開花しようとしている毒花がどのように咲き誇るのか、お側で見てみたくなったからである。

最初は、妃殿下のことを毒にも薬にもならぬ娘だと思っていた。典型的な箱入り娘とまではいかずとも、普通の令嬢となんら変わらぬだろうと。

しかし、披露宴の時にそれはとんでもない勘違いだったと気づいた。

己の夫となった男を私から守るために、穏やかに微笑みながらも威圧的な眼差しで私を見ていた妃殿下。彼女の美しい翡翠《ひすい》の瞳の奥ではなにかが蠢《うごめ》き、まるで今にも私を喰らいつくそうと待ち構えているようであった。

その時に思ったのである。このお方の側で、これまで培った能力を生かせたら、どれほど愉快な気分になれるだろうと。

「聡明なお方のお力になれること以上に、嬉しいことはございません」

極めて無難なその言葉に、皇太子は眉間の皺を深めた。

誰だって、大切な人に己を良く思っていない人物近づくのを黙認できるはずがない。積極的に排除しようとするのが、普通だろう。

まぁ、だからこそ。

主命という形で、側近になったのだが。

皇太子は苦虫を噛み潰したような表情のまま、どこか諦めたようにため息をついた。

「真意は問いません、皇帝の意に異存はないので。彼女のためにその能力を使い、誠心誠意尽くしてくださる限り、少なくとも僕の中では伯爵は敵にはなり得ない」

予想していなかった言葉に瞠目《どうもく》した。

「理由をお伺いしても？」

確か、皇太子もまた私のことを警戒し避けていたと思うのだが。

「……重要視するところが、伯爵とは違うというだけです」

「左様で」

——要するに、確実性に乏しい不安要素よりも、妃の側に実績のある者を置く合理性を、優先させたということか。いかにも偽善者らしい思考だ。

嫌いではないが、腐った囲いの中で育てられるとどれだけ綺麗なものでも腐るのだなと、他人事のように思った。

(だとしたら、益々謎だな)

帝になるべく器を持っていると言うのに、何故婚約者を蔑ろにし、他の女人に手を出すような愚かな真似をしたのか。

後宮に迎えてからなら、誰にも咎《とが》め立てできないというのに。それまで待てなかったとでもいうのだろうか。それほど魅力的な令嬢がいたのだろうか。

——それとも……

「ところで」

皇太子の緊張のせいか、微かに低く掠れた声が私の思考を停止させた。

「伯爵の主は誰ですか」

一瞬、本当になにを仰っているのか理解できなかったが……

皇太子が短期間でそれなりの情報を掴んだこと、その手助けをしたのがおそらく陛下であることを考慮すると、彼の質問がなにを意図してているのか分かった。

それだけでなんなく理解してしまうあたり、随分陛下に毒されているらしい。時は、解毒剤にはなり得なかったか。

「私のお仕えすべきご主人様は、ジョージアナ皇太子妃殿下にございます」

◆　◆　◆

（殿下に捕まったのね）

殿下を乗せて皇宮に向かったはずの馬車が大きな窓からちらりと見え、伯爵の戻りが遅い理由を察した。

伯爵が皇太子妃の側近に任命された、という話を聞いてお戻りになったのか。それとも、純粋に皇宮でのお仕事を終えてお戻りになったのか。

(間違いなく、前者)

しかし、腐っても主上の御子。

新米妃の側に怜悧な者を置くことの、利便性の高さ。

得体が知れぬ人物を置くことの、危険性。

天秤がどちらに傾くかなど、言うまでもないだろう。

信用とも、確信とも言える不信感の上に立つ奇妙な安心感。それに共感するかの如く深いため息が一つ、無意識にもれ出た。

(同じ轍《てつ》を踏むわけにはいかない)

書類に記された殿下のお戯《たわむ》れの玩具として可愛がられていた令嬢たちの名を、極めてゆっくりつうっと指でなぞりながら、密かに決心した。

——伯爵が戻ってきたのは、それから数十分後のことだった。

「お帰りなさい、伯爵。……殿下は皇宮に戻られたようですね」

「おや。もうご存知でしたか」

どこか草臥れた様子ながらも、声は溌剌《はつらつ》としていた。存外、悪くはない時間を過ごしていたようである。

「これでは隠し事はできませんね」

「……隠し事なんてするものではありませんわ」

隠し事をする人が小利口であればあるほど、相手は容易に騙されてしまう。どう頑張っても気づけないのだ、隠し方が巧みで、隙がなく、完璧だから。

仮に気づいても、時既に遅し。取り返しなどつかぬ。

「……まあ、そうですな。ご主人様に隠し事をするなんて烏滸《おこ》の沙汰です」

「ご主人様？」

側近らしからぬ言葉である。そう思って怪訝《けげん》な顔で伯爵を見上げると、彼は顔をくしゃりと歪めて笑った。

◇　◇　◇

皇太子宮の料理長の腕は確かである。

栄養を考え、季節の野菜や果物、流行りの献立も取り入れつつ、冷えても美味しいであろう調理がされているのだ。

というのも、悲しいかな。私たち皇族、貴族はいつ、どの時期《タイミング》で他者の手によってこの命を狙われるか、分からない。

その方法は多種多様だが、成功確率が高い方法は限られてくる。そのうちの一つが、毒殺だ。

実際、殿下は二度毒を盛られている。

中途半端な毒では効かないように、酷な教育を施されているのにもかかわらず、である。

誰が敵で。

誰が味方か。

猜疑心を抱く中、区別するのは難儀なことだろう。

(ある種の人間不信になるのも、仕方のないことだわ)

どのような理由であれ、二度も直接的に命を狙われるなど気分が良いはずがない。殿下が一人で全てを担おうとするのも、理解できる。

——しかし、だからといって。

(長年共にいた私にまで、なにもお話にならないだなんて)

伯爵が語ったことを思い出しながら、どう殿下に吐いてもらおうかと、思考を巡らせた。

◇◇◇

「……せめて相談してくだされば、殿下も必要以上に悩むこともなかったのでは?」

——皇宮からお戻りになった殿下からもお話を聞き、思わず重たいため息をもらした。

伯爵と殿下。お二人のお話を総合すると、今回の件は複雑ではあるがよくよく考えてみれば、なんてことないものであった。

伯爵が陛下に、皇太子妃《私》の側近になりたいと志願したのがことの始まりである。

伯爵曰く、陛下は相当渋ったらしい。己の息子を厭う貴族を、息子の妃の側に置いて果たして良いのだろうかと。

いくら愉快犯のようなきらいがある陛下とて、要らぬ面倒事は避けたいというのが本音であろう。

だが、最終的に陛下は伯爵の願いを聞き入れた。

(殿下のことを考えると、断固拒否していただきたかったけれど)

……まぁ、関心のない物事に抗って見せただけでも、陛下にしては珍しいこと。贅沢は言えない。

そして伯爵は陛下に頼んだそうだ、「私が志願したことを、伏せていただきたい」と。

伯爵は殿下を説得するには時間が足りないため、主命という形にしてほしかったと苦笑を零していた。端的に言えば、殿下の猛反対に抗うだけの手札が、伯爵にはなかったということだ。

しかし、陛下はなにをお思いになったのか。伯爵の願いを聞き入れつつも、殿下にことの全容を調べるように仕向けたのである。

それが伯爵と殿下が仰った「ご主人様」である。

陛下は殿下に「妃に伯爵を飼い殺させろ」と命じた。それは、伯爵の手綱を握る権利を妃に与えることと同義である。

しかし蓋を開けてみれば、既に伯爵は陛下の手の中。綱は陛下が握っていた。

これほど無茶苦茶で、意味の分からぬお話はないだろう。

一体なにがしたいのかと、殿下が訝《いぶか》しみ裏を探るのも当然である。まさかそれ自体も陛下の思惑通りだなんて、誰が思うだろうか。

そうこうしているうちに、皇太子妃の側近として伯爵が政界に舞い戻った。主命を建前に、堂々と皇太子妃の隣に立つ権利を得ていたのだ。

眉間に皺を寄せて殿下は「陛下かそれに近しい者に、君の情報を流すのではないかと危惧した」と仰った。だから確認したのだと。

伯爵の飼い主は誰なのか、手綱の持ち主は皇太子妃であるかどうか。

そのあと、どこか安堵したように、しかし複雑そうなお顔をなさり「引き摺り下ろしてやろうかと思ったけれど」と肩をすくめた。

君の名前を出してきたから、そうもできなかったと。

(陛下のお側に長くいたからこそ、理解できる質疑応答ね)

陛下は時々、食えぬ者やいっとう嫌う者を獣に喩えて駆除するように命じるらしい。

ある種のお戯れ《ストレス解消》だと伯爵は乾いた声で笑っていたが、明らかに愉しんでいらっしゃるのではないだろうか。

(癖が強すぎる名馬だこと)

殿下のお父上でなければ、関わりたくはない相手である。

しかし陛下の「ご主人様《手綱の持ち主》」という言葉のおかげで、曖昧だった線が明確になり、白黒付けることができたのもまた事実である。

伯爵は私に仕える、皇族の味方である。

皇帝の主命を受け皇太子妃の側近になり、皇太子の質問に答えた。それがどのような力を持つか、知らぬわけがあるまい。

裏切れば。

違えれば。

どのような制裁が待つかなど、愚者でも分かることである。

(それにしても)

私はこめかみを人差し指と中指でぐぐっと押さえながら、言葉を探した。

「殿下。全てをお話くださいなんて申し上げませんが、最低限の報告、連絡、相談はなさるべきですわ」

咎《とが》めるような、非難するような私の口調に、殿下は肩を落として項垂れた。

「その通りだね。すまない。なんの言い訳もできないよ、完全に僕の落ち度だ」

殿下は悔いるように、小さくため息を落とした。

「愚かだった、本当に」

先程伯爵にも振る舞った花茶を手に、長椅子に座り、まるで犬が耳をへしょりと曲げているかのように、反省の色をこれでもかと言うほど表す殿下。

そんな殿下をちらりと見てから、私は花茶に目線を移した。

そこに映る己は、悲しみとも憤りとも受け取れる表情をしており、瞳は迷子のように不安と堪らなく切ない痛みで揺れていた。

(やっと、殿下のお隣に立てたのに……)

私は相変わらず、殿下と対等にはなれない。

◆　◆　◆

ジョージアナが大事な公務《お茶会》を一週間後に控えた、ある昼下がりの出来事であった。

「……冗談だよね、これ」

「残念ながら真にございます」

エドワードが持ってきた、信じ難い情報が詳らかに記された書類を机に無造作に置き、僕はどうするべきかと下唇を噛んだ。

「妃殿下にはどうお伝えいたしましょう」

「……暫《しばら》く伏せておいて。ただでさえ、茶会の準備や不慣れな公務で多忙を極めているんだ。せめて茶会が終わるまでは、邪魔をしたくはない」

——もっと熟考すれば良かった。

守るほうに尽力するのではなく、協力を仰ぐ形で守れば良かった……

……そう悔やむのは、それから数日後のことであった。

◇　◇　◇

「失礼します、殿下」

真昼間とも呼べる時間帯に、ジョージアナが突然僕の執務室に顔を見せた。

「ジョージアナ？　どうしたんだい、こんな時間に。なにかあったの？」

慌てて立ち上がり、ソファに座るように言いながら、思い掛けないことに驚きつつも喜悦《きえつ》に頬の筋肉を緩ませた。

と言うのも、ここ数日、お互い忙しくてすれ違いの日々が続いていたのだ。

上に立つ者としての責任がある以上仕方のないことではあるが、こうして面と向かって会話ができるのが久しぶりという状況は、望ましくはないと、心の中でぼやく。

そんな僕とは対照的に、ジョージアナはすうっと冷えた瞳で僕を見上げた。

「なにかあったのは、殿下ではなくて？」

「……え」

「ラリー前侯爵夫人アビゲイル。この名前を聞いても、白を切るおつもりですの」

彼女、脱獄したのでしょう……そうなんでもないように問うてくるジョージアナに、僕は暫《しば》し思考を停止させた。

ラリー前侯爵夫人アビゲイル。

僕の子《皇太子》を身籠《みごも》ったなどと荒唐無稽《こうとうむけい》な発言をし、最終的には皇族侮辱《ぶじょく》罪で身柄を拘束された夫人である。

ラリー侯爵は皇族やクロローム家から睨まれるのをおそれ、早々に女《アビゲイル》を家門とは関係ない人間だと切り捨てたが、彼女は妊婦であるという理由で処刑を延期されていた。

その女が脱獄した。六日前のお話である。

「……伯爵から聞いたのかい」

「ええ」

ジョージアナは興味のない新聞を読み上げるかの如く、無感動な声音で肯定した。

「護衛騎士がいきなり二人も増員されたのです。何事かと探るのは当然でしょう」

……過ちを犯してしまったのだ、してはならない過ちを――

血の気が引いていく感覚に眩暈《めまい》を覚えながら、得体の知れぬ恐怖に身を震わせた。

隠していたことが知られたから、ではない。

愛する人の不興を買ってしまった、と理解したからである。

状況を理解するので精一杯な僕を、ジョージアナは無表情で見上げる。

常に付けている淑女の仮面さえ剥《は》ぎ取って僕を見上げるジョージアナに、冷水を被ったような衝撃を受けた。

さらに、目は口ほどにものを言うもので。

美々しく凛とした輝きを放つ翡翠《ひすい》の瞳が、雄弁にものを語るのだ。

憤怒《ふんぬ》を、憂いを、悲痛を。

ジョージアナが感じたであろう、寂しさを。

（そんなつもりではなかった……）

僕はジョージアナを見つめながら、愕然《がくぜん》とする。

睡眠不足だと欠伸を零し、疲労を滲ませながら無理に笑みを浮かべるジョージアナに、これ以上負担をかけたくはない。

ただただ、それだけ。

その一心だった。

ジョージアナにそんな悲しい思いをさせるつもりなんて、毛頭なかったのだ。

「殿下は詰めが甘いのです、そろそろご自覚なさったほうがよろしいかと」

なにも言えずジョージアナを凝視するしかない僕に、彼女は殊更冷淡な言葉を浴びせた。

しかし、まるで泣いているかのように声が湿ってもおり、彼女の纏まりきらないちぐはぐな心情が手に取るように伝わる。

「……彼女の狙いは私でしょう。自分の命が狙われているという現実を私が受け入れられないとでも、お思いになりましたか」

「そんなわけない」

間髪入れずに否定する。

喉が緊張で張り付き、掠れた声しか出ない。

ジョージアナに嫌われるかもしれないという恐怖が、体中を這いずり回るその不快感と、急所を押えられたような焦燥にじわりと冷や汗が背を伝った。

心臓が五月蠅《うるさ》い。

「あとからいうのでは説得力はないだろうけれど、茶会が終わってから言うつもりではあったんだよ。今回の茶会が皇太子妃にとってどれほど重要か知っているから、混乱させたくなかった。本当にそれだけで、他意はない」

「……ええ、存じ上げております。殿下が、私を軽視したわけではないということぐらい」

問題はと、彼女は長い睫毛で瞳を隠しながら続ける。

「私が殿下の寵を受けることでしか生きられぬ蝶ではないということを、殿下自身がご存知ないということですわ。殿下が傷を負うのを、殿下の後ろに隠れて傍観しているくらいならば、私もその傷を一緒に負いたいと申し上げているのです」

それは、そんなにも難しいことなのですかと、問いかけるように、訴えるように肩を落とすジョージアナに、僕はなんと言えば良いのか分からなかった。

第五章　夫婦

喰われる前に、喰ってしまいなさい。

己が隠し持つ全ての毒を集めた海に沈めて、項に牙を突き刺し、誰が上か、誰がその場での王なのか、見せ付けるのです。

己に傅け、服従しろ、身と心を捧げろと――

「……いやな夢を見たわ」

眠気覚ましにと出された珈琲《コーヒー》に砂糖を入れながら、鮮明な夢の内容を思い出し、ふるりと震えた。

「お母様に説教される夢だった」

「……不吉な夢ですね」

ジェーンはカーテンをタッセルで結び、換気をするためか、大窓を開けながら心配そうに私を見た。

「疲労と緊張を緩和するために焚いたお香が、良くなかったのでしょうか」

「……関係ないわ」

砂糖を三つも投入した珈琲《コーヒー》を匙で無造作に混ぜながら、首を横に振った。

「今日はお茶会の日だもの、悪夢を見るのも仕方のないことよ」

夢とは不確かで、摩訶《まか》不思議なものである。

とはいえ、夢と現《うつつ》に因果関係がある可能性も考慮すると、緊張と睡眠不足による単なる悪夢と片付けることもできるが。

こうも時を見計らったような夢だと、平常心を保てと言う方が酷ではなかろうか。

(喰われる前に、喰ってしまいなさい……ねぇ)

「もう百回は聞きましたわ、お母様……」

砂糖を入れても尚、独特の苦味を残す珈琲《コーヒー》を喉に押し込み、空を自由に飛び回っている二羽の小鳥を眺めながら私は一人静かに呟いた。

◇　◇　◇

皇太子宮の中でもいっとう広い中庭で催されるお茶会は、上位貴族の様々な思惑が絡んだ政治の場でもある。

そう断言できるのも、招待客を決めるのが私ではなく、国だからだ。

後宮制度が廃止されるまでは、側室候補となった令嬢たちが集い腹の内を探るための場であり、また皇帝もしくは皇太子の関心を得るための場でもあった。

しかし、後宮制度が廃止されたのにもかかわらず続いているのが何故なのか……正直、私にも分からない。

伝統と化しているから続けているのか、単純に情報を得る場として重宝しているのか。

(まあ、ただのお茶会ではないことは確かね)

妃の地位を確固たるものにするためのお茶会であれば、まず国が招待客を決めてしまうなんてことは有り得ぬこと。

それだけで単純なお茶会ではないということが分かる。

私はため息を噛み殺しながら、優しい匂いを漂わす紅茶に口を付けた。

隣国の王妃のご懐妊、帝都美術館に展示されていた贋作問題、平民の間で話題になっている浪漫《ロマンス》小説などなど。

ありとあらゆる話題を引っ張ってきては適当に話の花を咲かせ、扇を片手にくすくすと艶のある声で優美に笑う、令嬢たち。

自然体で会話に興じているように見えて、皇太子妃《私》の反応を窺っているのが見え見えなだけに、気が抜けないなと相槌を打ちながら思う。

(それにしても)

私は甘酸っぱい藍苺《ブルーベリー》を乗せたケーキを極めて優雅に口にしながら、何故あなたがそこにいるのかと、問い詰めたい気持ちに蓋をする。

（度胸があると言うべきか、厚顔無恥《こうがんむち》というべきか）

桃色の髪を二つ結び《ツインテール》した令嬢をもう一度ちらりと見て、「ただの莫迦《ばか》かもしれないけれど……」と心の中で追加した。

――彼女の名前は、ヘルヴァーノ子爵令嬢アイラ。

反皇太子派貴族の娘であり、側室候補にも名が挙がっていた。また、学生時代の殿下に可愛がられていた令嬢でもある。

（なにも、ここに座らなくても良いでしょうに）

お茶会の会場は、大きな噴水も、広い池も、四阿《あずまや》もある中庭。

一口にお茶会とは言っても、国が招待客を選んでいる時点で特殊なお茶会であることに相違ない。

皇太子妃である私に挨拶さえすれば、基本的に自由に動き回ることが許されているのだ。

それなのに、私と同じ机《テーブル》についたということは……

（刺激は禁物）

――だが、少しぐらい遊んだって許されるだろう。

物語の内容は覚えているのに、題名が思い出せぬと頭を抱えている令嬢たちに、私は殊更優しく微笑んだ。

「『恋に恋して、騎士様』よ。その小説の題名は」

吃驚《きっきょう》か、動揺か。

刹那しんと静まった空気。

そうだった、何故忘れていたのかと盛り上がり、私に礼を返し質問を投げてくる令嬢たち。

その中に何事もなかったかのような顔で紛《まぎ》れ込んでいるヘルヴァーノ子爵令嬢を鋭く、だがそうとは悟られぬように見ながら、少し冷めた紅茶を嚥下《えんげ》した。

◆　◆　◆

（ああ！　嘘……こんなつもりじゃあ！）

倒れたティーカップから流れる紅茶をテーブルクロスが吸ってゆく。

ジョージアナ様がお召しになっていた豪奢《ごうしゃ》な衣装は、勢いよく紅茶が飛び散ったことを淡々と物語っていた。

「妃殿下のお召しものに紅茶を零すなんて！」

隣に座っていた令嬢が眉を顰《ひそ》め、私を非難する。

ジョージアナ様に嫌味を言おうとして返り討ちに合ってから、あからさまに態度を変えて彼女に媚びていた令嬢だった。

無意識に助けを求めようと、周りを見渡すが。誰も彼もが白い目で私を見ている。

はっと浅い呼吸が、耐えきれぬとでもうようにもれた。

（どうしてこんなことに……！）

――遡ること一時間前。

燦爛《さんらん》と輝く太陽の熱から守るように張られた天幕の下。

豪奢《ごうしゃ》な机の上には、季節の果物《フルーツ》ケーキ、かりっと焼けたスコーンと可愛らしい見た目のマカロンに。

酸味が効いた扶桑花《ハイビスカス》と鳳梨《パイナップル》がブレンドされた異国情緒漂う紅茶や、牛酪《バター》がたっぷり塗られた麺麭《パン》などが置かれていた。

枇杷《びわ》と苺のジャムも添えられており、客が飽きないよう工夫されているのが分かる。

瀟洒《しょうしゃ》なティーカップや匙などの食器類はどれも一級品で、値の張るものであることが窺えた。

（つまんないなぁ）

ジョージアナ様が、仕事のできる人だということがよく解る。だからつまらないのだ。

仮にも皇太子妃主催の雅なお茶会に、そんな品のない感想を抱くのはどうかと思うが。期待外れも甚だしいのだから、仕方ないだろう。

温かい紅茶を飲みながら、私はため息を噛み殺した。

……後宮制度が廃止された。

そんな衝撃的で、俄《にわ》かに信じ難い事実を突きつけられたのは、つい最近の出来事である。

「優男を装って、牙を隠していやがった」

お父様は憤慨《ふんがい》したように呟いていた。いつもは愚痴らしい愚痴を仰らない人なので、かなり珍しい光景だ。

そう思ってお父様の手元を見れば、度数が高い蒸留酒の入った杯が握られていた。

「この私を蔑ろにしおって。帝《父親》の欠点だけを受け継いで、迷惑なことこの上ない。尊い血が途絶えたらどうするつもりなんだ」

（……いいえ、お父様。それは違うわ）

何度考えても、やはりそんなことは有り得ない、と私は扇の下で唇を噛む。

お優しい皇太子様が、忠実な臣下であるお父様を蔑ろにするわけがない。ジョージアナ様が皇太子様に、なにか要らぬことを吹き込んだのだ。

皇太子様に冷遇されていたのに、突然寵を賜るようになったのだってよく考えてみたら奇妙ではないか。

呪術や魔法といった類のものは信じないが、相手は謎多き名家クロロームのお嬢様。

（ジョージアナ様が魔女であっても、ちっとも驚かない）

そんな時、私はふと思ったのだ。

いつだって優雅で美しく、赤薔薇《ばら》のような華やかさを纏う才女。

そんな女の欠点や弱点を見ることができたら、溜飲が下がるとまではいかなくても、少しは晴れやかな気持ちになるのではないか……と。

底意地が悪い考えだと理解はしている。淑女らしからぬ考えであるとも。

だが、現《うつつ》のものとは思えぬ美貌が歪む様は。艶やかで雅な微笑が剥《は》がれるその瞬間は。

下の者に翻弄《ほんろう》され、しくじるその姿は。

どれほど滑稽で、どれほど醜く、どれほど哀れに見えることだろうか。

（きっと、愉しい時間になる）

――そう、期待していたのに。

私は藍苺《ブルーベリー》ケーキを食べながら、とある令嬢を見遣る。

今は立ち直ってはいるが、ジョージアナ様に嫌味を言おうとして、さらりと躱されたあと返り討ちに合って落ち込んでいた令嬢だ。

物の言い方が刺々しく性悪だとまことしやかに囁かれていた令嬢である。そのことを考慮すると、やはり信じられないことだった。

ジョージアナ様は一切の隙を作らぬように、かなり神経を尖らせていると思う。

だけれど、緊張感を全く感じさせず優雅にお茶を味わい、余裕綽々《しゃくしゃく》な微笑を浮かべ会話に興じているのだからおそろしい。

令嬢たちが一矢報いてやろうと罠を張ってそこに追い込もうとするも、さらりと回避され、返り討ちに合う。

まるで、ひらひらと舞う、優美だが厄介《やっかい》な蝶のようだ。

捕まえたくても捕まえることができない。

蝶の羽を捥《も》ぐために鷲掴みすれば、己の首が飛ぶだろう。

だから、捕まえるためにはその蝶を延々と追いかけるしかない。籠を用意し、網を張って、頭脳戦を繰り広げるしかないのだ。

そんなもどかしさをもたらす、いやな蝶。

(忌々《いまいま》しいわ、本当に)

ふんと鼻を鳴らした、その時であった。

「『恋に恋して、騎士様』よ。その小説の題名は」

……絶好の機会《チャンス》が巡ってきたのは。

まさかそれが罠で、ジョージアナ様の思惑に嵌まってしまっていただなんて、その時は想像さえしていなかったのである。

判断能力《ネーミングセンス》を疑う題名としても知られる『恋に恋して、騎士様』とは、騎士とメイドの身分違いの恋を題材《テーマ》にした浪漫《ロマンス》小説である。

名家の子息である騎士と、騎士団に仕えるメイドの両片想いから物語は始まる。

両片想いというのも。

騎士には見目麗しい婚約者がおり。

メイドには身分がなかった。

微温湯《ぬるまゆ》に浸っているような、騎士とメイドの焦れったい関係。だがそんな幸せも長くは続かない。騎士とメイドの関係を知った婚約者が、メイドを殺してしまったからだ。

(妃の前で談笑するには物騒な話題ね)

如何なる理由があれど主人公側の人間が惨殺されるのだから、後味も悪く、気持ちの良い物語ではないのは確かである。

だが、きっと、そういったお話をジョージアナ様の前で談笑することに意味があるのだ。

騎士を憐れみ、婚約者の判断を称賛し、メイドを愚かだと嘲笑うことに重きを置いている。

つまり、皇太子様とジョージアナ様、私を含めた皇太子様を慕う令嬢たちを、登場人物に喩えて感想を言い合うことで、ジョージアナ様の歓心を買おうという魂胆である。

(攻撃できないのならば、懐に入ろうってね)

表面上は和気藹々《わきあいあい》と会話に興じているジョージアナ様たちを見て、少し苛立ちを滲ませながら、たっぷり注がれた紅茶を受け皿《ソーサー》の上に置いた。

「……メイドはそれほど悪くはないのではありませんか。ただただ一途に、騎士様を想っていただけですもの。果たして、そのような罰を受ける必要はあったのでしょうか？」

なんでもないように。

無邪気に。

へらりと微笑んでそう言った。

これといった威力もない、大したことのない一言だった。しかし、和やかな空気が漂っていたこの場に水を差すには、十分な言葉でもあったようである。

凍り付いた空気の中、私はそうは思いませんのと、微笑みながら続けた。

「婚約者は、騎士様《自分の婚約者》が自分以外の女性に心を奪われている状況が、単純に許せなかったのではありませんか？　騎士様の心を再び捕まえる自信や、余裕がなかったのです。だからこそ、目障りなメイドをなき者にしたのではないかと、私は思っておりますの」

まごうことなき挑発である。

（……ちょっと、言いすぎたかな）

ジョージアナ様が短気な人ではないのを知っているが、身分が絶対なこの世界。上の者に生意気を言って、罰せられない保証はどこにもない。

（まあ、取り乱したところが見られたら、それでもいいわ）

——そう思って、弾んだ胸を抑えながらジョージアナ様の顔を見上げた私は、愕然《がくぜん》とした。

ジョージアナ様は動揺してもいなければ、子爵令嬢如きに侮辱《ぶじょく》されたと憤慨《ふんがい》してもなかった。

優美に、穏やかに微笑んでいたのだ。

仔猫同士の戯《たわむ》れを観察するような、そんな目で。

（どうして……!?）

多くの令嬢が見守る中、遠回しとはいえど、かなりはっきりとジョージアナ様を貶したのだ。不愉快だと眉を顰《ひそ》めても、おかしくはないはずだ。

（まさか、貶められたことに気づいていない……？）

そう思った刹那、ジョージアナ様は「そうね」と頷いた。

「子爵令嬢の仰っていることも、一理あると思うわ。メイドをなき者にするにあたって、婚約者が私的な感情を一切抱かないなんて、あるわけないもの」

ふふっと、艶のある澄んだ声でジョージアナ様は笑った。

嘲りであれ、喜悦《きえつ》であれ、なんであれ。ジョージアナ様が笑ったという事実に安堵したのか、周りの令嬢たちは緊張を解いた。

「そう考えると、かわいそうな子ね」

「かわいそう……？」

「そうよ」

——その時。

赤い舌をちろりと出した毒蛇に真正面から睨まれているような、細くも力強い尻尾で首筋をつうっと撫でられているような。

そんな得体の知れぬ恐怖が突如、私を襲ったのだが。

それがなんなのかと疑問を抱く前に、ジョージアナ様は翡翠《ひすい》色の美麗な瞳で私を見つめた。

「騎士に己の恋心を告白することも、特別扱いしてくれる彼の本心を知ることもできないまま、まるで要らぬ塵を片付けるかの如く、殺されてしまうのだもの。とても憐れな子だとは思わなくて？」

微笑を浮かべ歌うようにそう言ったジョージアナ様は、何故だろうか、酷く愉し気に見えた。というより、実際に愉しんでいらっしゃるのだろう。

(莫迦《ばか》にして！)

初めて味わう、遊ばれているという羞恥に、屈辱感にも似た感情が骨の髄まで侵食していく。

「お言葉ですが。メイドは幸せだったと思いますわ」

「あら、どうしてそう思われたのかしら」

「騎士に選ばれたのはメイドです」

たとえ一時であれ、私は皇太子様に選ばれた。その栄光が私を強くしているのは、確かであった。

「その事実がメイドを幸せにしたはずです」

「……メイドは分別ある、賢い子という設定だったはずなのだけれど」

違ったのかしらと、ジョージアナ様は言葉を続ける。

「騎士はメイドを選んでなどいないわ。ずっと、婚約者の騎士《男》だったのよ」

「……どうしてそう言い切れるのです？　騎士はメイドに恋をしていたと書いてあったではありませんか」

好戦的な強い口調で言えば、ジョージアナ様は気怠そうにため息をついた。

「まだ解らないのかしら。題名にもなっているでしょう、恋に恋して、と。騎士はあくまで恋という幻に恋をしていただけなの」

だからメイドはとても憐れな子なのよ、と。

ジョージアナ様は蠱惑《こわく》的に笑んだ。

◆　◆　◆

（殿下は何故、この子を気に入っていたのかしら）

胡桃《くるみ》色の瞳に薄い膜を張り、朱色の紅を差した下唇をぐっと噛みしめたヘルヴァーノ子爵令嬢を見て、矜持《きょうじ》だけが無駄に高いこの子になんの魅力があったのかと、眉を寄せた。
・・
これで後宮に入内する気満々だったとは、笑わせる。

後宮という場所は雅な場所ではあるが、同時に様々な陰謀が渦巻く場所でもある。

可愛らしい容姿だけではとても生きていけない。そのことを、誰も子爵令嬢に教えてはやらなかったのだろうか。

（蛙の子は蛙）

自分にとって不都合なことは忘れてしまうのだろうなと、私は遠い目をしながら紅茶を飲んだ。

それが子爵令嬢の怒りに油を注いだらしい。雪のように白い肌をかあっと赤く染め、眉を吊り上げた。

「いくら妃殿下でも、失礼ではありませんか！　騎士様はメイドを好きだったんです！　なにも知らないくせに知ったようなこと仰らないで!!」

彼女は憤慨《ふんがい》した様子を隠そうともせず、無礼にも机をばんっと叩いて立ち上がった。

その衝撃で、中身がたっぷり残っていたティーカップが倒れ、抵抗する術など知らぬとばかりに中身が勢いよく零れ出る。

あ、と思う間もなく。

零れ出たそれが、私の藍色の衣装を腹部あたりからぐしょりと濡らした。

水を打ったような静けさが場を包むのも束の間、誰かの息を呑む鋭い音を合図に場は騒然となった。

（……興覚めね）

濡れた部分が肌に纏わりつく不快さに眉を寄せながら、面倒なことを起こしてくれたとため息をついた。

過酷な妃教育と、厳しい令嬢教育の賜物か。

頭の中が至って冷静であるのが、不幸中の幸いである。

（先に後片付けをしなくては）

妃が席を立ち、場をあとにするということは、お茶会の終了を意味する。お開きになってからではないと着替えることができないのだ。

騒ぐ能しかない令嬢たちを黙らせ、メイドに濡れた部分を覆い隠せる肩掛け《ショール》を持ってくるように言いながら、咽《むせ》び泣く子爵令嬢をどうすべきかと下唇を噛んだ。

——その時であった。

「ジョージアナ」

「……！　殿下……」

威厳を醸《かも》す英姿《えいし》颯爽《さっそう》とした殿下がいらっしゃったのは。

（ああ……なんて最悪な時機《タイミング》）

多くの令嬢が蒼白な面持ちで頭を下げているのを見ながら、抱いた動揺を笑みで包み隠した。

「お花見日和ですね、殿下」

殿下は私の濡れた衣装を見ても、何事もなかったかのように微笑んでいる。流石殿下である。伊達に皇族として生きていらっしゃらない。

だが一瞬お顔が強張ったのを、私は見逃さなかった。

「ああ、そうだね」

「もうすぐお開きになりますが」

「構わないよ」

「……左様で」

私は目線を下げた。

どうしてここにいらっしゃるのか、なんて愚問か。

皇太子殿下のご登場に驚愕《きょうがく》する令嬢と、それほど驚いてはいない令嬢を見ながら思う。

何故なら、これまでこのお茶会は令嬢たちが妃を交えて腹の内を探るお茶会でもあったと同時に、後宮を模したお茶会でもあったからだ。

(後宮制度が廃止されたから、必要ないはずなのだけれど)

それでも開催され、殿下も自由に立ち入ることができるということは、後宮制度廃止に納得していない重臣たちの、せめてもの反抗なのではないかと疑うのは当然だろう。

したがって、招待客でも主催者でもない殿下がこの場にいらっしゃることも、なんら不思議ではないというわけである。

(でも、すっかり、殿下はいらっしゃらないと思っていたわ)

いくらお茶会の本来の意味を持たぬとはいえど、殿下は危ない橋は渡られないのではないかと。

そう思ってなんとなく殿下を見上げると、蜂蜜と砂糖をとろりと煮詰めたような甘く艶やかに輝く紅玉が、私を見下ろしていた。

しかし、その目の奥には確かに勢いよく燃える怒りも見え、私は硬直した。

「これ、かけておいて」

殿下は自身の上着を脱いで、私の肩にそっとかけながらこちらの表情を窺うように仰った。

「……有難くお借りいたします」

素直に受け取り感謝の言葉を述べれば、殿下はどこか嬉しそうに優美に笑んだ。受け取ることを拒絶されるとでも思っていらしたのか、安堵も見え隠れしていた。

そして、殿下は私が犯人ですと言わんばかりに、蹲《うずくま》り泣いている子爵令嬢を見下ろした。

その目は冷淡で感情がなく、道端に転がる塵でも見るような視線である。

(仮にも、殿下のお隣で笑っていた令嬢だというのに)

そのことを、覚えていないわけではないだろう。だが、心の底から関心がなさそうなその態度に違和感と疑問を覚えた。

——数多の令嬢を侍らせていた殿下は、何故、彼女たちとより親しい関係にはならなかったのだろうか……

「さて。これはどういうことか説明してくれるかい、ヘルヴァーノ子爵令嬢」

優しくも有無を言わさぬ口調に、場の温度がさらに下がった。呼吸をすることさえ許さぬような、肌がぴりっと痛むような、緊張感孕む空気が漂う。

「わ、私……そんなつもりでは！　本当なんです、わざとじゃあ！」

「言い訳など訊いていない。何故、僕の妃の衣装が濡れているのかと訊いているんだ」

「……」

「答えられない？」

僕の質問は至って単純《シンプル》なんだけれどねと、いっとう優しい声で問う殿下は、皇太子のお顔をしていた。

（なるほどね）

皇太子のお顔《公務用》をしている殿下を見て、やはり彼は侮れないお方だと感嘆のため息をそっと落とした。

子爵令嬢が私の衣装を汚したのだということにも、それが決してわざとではないということにも、殿下は気づいていらっしゃる。

その上で、怒って見せるという演技《パフォーマンス》をしているのだ。

皇太子が誰を寵愛《ちょうあい》しているのか。

誰をいっとう大事にしているのか。

それを、示すためだけに。

そのための道具《生贄》として、ヘルヴァーノ子爵令嬢を抜擢したのだろう。

別に彼女である必要はなかった。用意周到な殿下のことである、方法だって幾つか準備していたはずだ。

だが、殿下が訪れた時に彼女が粗相をしていた。

それが子爵令嬢が道具に選ばれた、最大にして唯一の理由である。

彼女が側室候補であろうがなかろうが。

彼女が一時、殿下のお側にいようがいまいが。

殿下にとってはさしたる問題ではない、関係ないということだ。

皇太子というお方はどこまでも皇太子なのである。

（子爵令嬢も憐れね）

まあ、だからといって特別なにかをするわけではないものの。

殿下の船に乗るついでに、助け舟を出してあげても良いだろう。乗るか乗らないかは、彼女次第である。

「その者は悪くはありませんわ、殿下」

ゆったりと赤薔薇《ばら》が描かれている豪奢《ごうしゃ》な扇を広げ、殿下が私を見たのを確かめてから、艶やかに笑んだ。

殿下は微かに驚いたように目を見開き、喜悦《きえつ》に瞳を輝かせる。まるで、僕の意図に気づいてくれて嬉しいと、言わんばかりだ。

その一瞬だけは、間然《かんぜん》するところがない皇太子の表情《かお》ではなく、ランドン様という一人の男の表情をなさっていた。

勿論、すぐに、皇太子のお顔にお戻りになったが。

「しかし、君の衣装を汚したんだよね？」

「わざとではありませんわ」

「それ以外に、なにがあるというんだい？」

「お話が盛り上がってしまって、それで……。よくあることです」

「へぇ？」

殿下に睨まれた子爵令嬢の表情は真っ青で、蛇に睨まれた蛙のようである。

「まあ、殿下ったら。まさか私の言葉が信じられませんの？」

くすくす笑い揶揄うように問えば、殿下は肩を竦めた。

「君には勝てるはずもないな」

言外に信じると、柔らかい口調でそう仰りながらも。子爵令嬢を冷淡に見下ろし、いかにも半信半疑という雰囲気を漂わせている殿下。

どうやら演技の才がおありらしい。

そんな彼に、子爵令嬢は必死の形相で縋《すが》りつくようにして、殿下を見上げ続けていた。

「皇太子様！　信じてくださって嬉しい……。本当に申し訳ございません……反省しております」

「……気にしないで」

涙ぐむ子爵令嬢を、殿下は殊更冷たく見下ろした。

「僕は、令嬢に罪はないという妃の言葉を信じただけだから」

「……え」

その言葉《セリフ》に子爵令嬢だけでなく、他の令嬢たちも驚愕《きょうがく》の色を見せた。

それもそのはずである。

妃の言葉一つで、黒が白になることも、白が黒になることもあると。殿下は暗にそう語ったのだから。

（もう、これ以上はいいでしょう）

双方の目的は達成された。令嬢たちに余計な土産《情報》を持たせてやる必要も義理もない。

私は扇をぴしゃりと閉じ、立ち上がった。

演技終了……お茶会終了の合図である。

（早く着替えたい……）

肌にべたりと付く衣に再び苦い顔をした、その時であった。

「皇太子様っ！」

子爵令嬢が地面に座ったまま、あらん限りの声で殿下を求めて叫んだのは。

「お、お待ちくださいませっ！　どうかっ！」

立ち上がろうとするも、腰を抜かしているのか、みっともなくその場で倒れる子爵令嬢。誰も彼女を支えようとはせず、かわいらしい顔は涙と汗と鼻水、泥で汚れていた。

とても同い年とは思えない。道化師《ピエロ》を目指しているのかと問うても、誰も文句は言えないだろう。

（釘は確かに刺したはずなのに）

しぶとい子だ。

向こう見ずとも言える。

面倒なことを、と辟易《へきえき》しつつ、どうしようかと頭を悩ませていると。

殿下は感情を剥《は》ぎ取られたお顔のまま、優雅に子爵令嬢の元へと足を運ばれた。

なにをなさるおつもりかと、私を含めお茶会の参加者が固唾《かたず》を呑んで見守る中。子爵令嬢だけが、なんと愚かなことか、歓喜の色を宿した瞳で殿下を見上げていた。

殿下はそのまま子爵令嬢に目線を合わせるようにして屈み込み、彼女の耳元にお顔を近づけ。

「――――」

何事かを囁き、すぐさま離れられた。

殿下は未練など全くないと言わんばかりに、真っ直ぐ私の元へと戻ってきたが。

子爵令嬢は冷たい地面に座り込んだまま、顔面蒼白で虚空を見つめており微動だにしていない。

流れ出る涙を拭う気配さえ見られなかった。

感動と狂喜に瞳を潤ませ、頬に紅葉を散らしていたのが嘘であるかのような傷ましい姿に、私は目を背けた。

(わざわざとどめを刺されに行くなんて)

愚の骨頂《こっちょう》であると言わざるを得ないだろう。

――メイドは、婚約者の手で殺されたから夢を見続けたままでいられたのである。騎士が己に恋をしているという、儚くも美しい夢を。

彼女はどうしてそのことに気づけなかったのか……今更問うても無意味なことであった。

◇　◇　◇

「妃殿下、生姜紅茶《ジンジャーティー》をお持ちいたしました」

「……蜂蜜入りかしら」

「勿論にございます」

流石ジェーンである。

その答えに大変満足した私は、長椅子の肘掛に凭れかかるようにして座りながら、紅茶を机の上に置くように指示する。

生姜紅茶《ジンジャーティー》はある程度冷めてから飲むのが、一番美味しい。そう頬を緩ませていると、ジェーンが窺うように問うてきた。

「妃殿下宛てにお手紙が三通届いております。いずれも急用ではないようですが、確認いたしますか」

暫《しば》し考えてから頷いた。

「ええ。持ってきてちょうだい」

「畏まりました。少々お待ちくださいませ」

ジェーンは品良く一礼すると、私の側を離れた。

まるでそれを見計らったかのように、みゃあと小さく鳴いて近寄ってきた愛猫を抱き寄せる。

そのふわふわの頭に頬を寄せながら、殿下はいつ頃皇宮からお戻りになるのだろうかと、時計を見上げた。

時刻は一八時三十分を指そうとしていた。

――あのあと。

陛下から緊急の呼び出しを受けた殿下は、急いで皇宮に向かうこととなったため、殆ど話す時間はなかった。

お訊きしたいことや謝りたいこと、確かめたいことが山のようにあったため、至極残念である。

(できれば、今日のほうが色々と都合が良かったのだけれど)

皇帝命令であるのならば仕方あるまい。

加えて、緊急となると暫《しばら》くはお戻りにはならないだろう。

(日を改めるしかなさそうね)

潔く諦めた私は、その時初めて侍女たちの顔を見て、驚愕《きょうがく》のあまり持っていた扇を落としそうになった。

侍女たちは揃いも揃って感情という感情を削ぎ落とした顔で、私の紅茶で濡れてしまった衣装を凝視していたのだ。

それだけでも、軽く恐怖《ホラー》だというのに。

私の驚いた表情に気づいた侍女たちは、とても素晴らしい《イイ》笑顔を浮かべ。

「どこの貴族《莫迦》様のお嬢《小娘》様が、妃殿下にこのような無礼を働いたのですか」

と、訊いてきたのである。

あの顔は血も涙もない冷酷な殺人鬼、もしくは百戦錬磨の暗殺者が笑う時にする顔であって、間違っても、皇太子妃付きの侍女がする顔ではないだろう。

長年良く仕えてくれていた侍女たちの、新たな一面を知った瞬間であった。

しかし、私が藍色の衣装を脱ぎ、湯に浸かると幾らか表情の筋肉も緩み……今ではすっかり敏腕侍女の顔に戻っていた。

普段はおとなしく優しい侍女たちが怒ると怖い。怒りの炎が鎮火して本当に良かったと、ため息をもらしていると。

「お待たせいたしました。こちらが、本日届きましたお手紙にございます」

ジェーンがやや固い表情で、手紙を乗せたお盆を持ってきた。

手紙を確認すべく座りなおした私は、ジェーンからお盆を受け取るも。膝上を愛猫がふてぶてしい顔で陣取っていたため、仕方なくお盆を隣に置いた。

お盆の上には、レースで飾り付けられた桃色の封筒と、素朴だが上品な乳白色の封筒、そしてやけに分厚い漆黒の封筒が並べられている。

手紙はその差出人の身分によって、置く順番も変わる。封蝋《ふうろう》に刻まれている家紋を基準に、ジエーンたちは手紙を並べるのだ。

どうやら漆黒の封筒の差出人が、この中で一番身分が高いらしい。

(侯爵家よりも身分が高いということは……)

なにやらいやな予感しかしないが敢えて無視《スルー》を決め込み、桃色の封筒と乳白色の封筒の中身を確認することにした。

入っていた便箋を二通とも読んだ私は、頬を微かに緩める。桃色の封筒はクレア様から、乳白色の封筒はミランダ様からで、近々、三人で集まってお茶をしないかというお誘いであった。なんでも、美味しい茶葉を手に入れたらしい。早く会いたいという思いがひしひしと伝わる内容で、私まで嬉しくなった。

そして次に、漆黒の封筒に手を伸ばし……思わず小さく呻《うめ》く。

案の定、朱色の封蝋には、羽を広げた天馬《ペガサス》とそれを囲むようにして描かれている柊が刻まれていた。

これはクロローム家の紋章である。

すなわち、この手紙の差出人は実家であるということだ。

私のいやな予感は的中した。

「一体、なんの用かしら。公爵様は」

下らぬお説教であれば破いて捨ててしまおう、山羊の餌にしても良いだろう……そんな悪いことを考えていると、扉が控えめに叩かれた。

ジェーンが私を見たあと、入室の許可を出すとメイドが入ってきて頭を下げる。

「失礼いたします。皇太子殿下がお戻りになられました」

——少し、後悔していることがある。それは今になって漸《ようや》く気づいたことであり、当時の私はそれに気づくだけの余裕がなかった。

……いや、それは単なる言い訳に過ぎないのだろう。余裕があったら気づけたのかと問われても、自信を持って首を縦に振ることはできないのだから。

それだけ殿下は隠すのが巧みであり。

それだけ私はランドン様という人間を、知らなかった。知っている気でいたのである。

◇◇◇

（月も似合うお方だこと）

動きやすい衣装の上に肩掛け《ショール》を羽織って赴いた部屋の光景に暫《しば》し目を奪われながら、そんな感想を抱いた。

闇の威力に抗おうと藻掻くことも、かといって屈することもせず、夜空の中央で威風堂々《いふうどうどう》と妖美《ようび》な輝きを放つ月の光が、室内を仄《ほの》かに照らす中。

ソファに座り書類と睨み合いをしている殿下は、一枚の完成された絵のような、得も言われぬ美しさを纏っていた。

幻想的だと表現しても、誰もが首を縦に振り否定などしないだろう。

虫一匹の侵入さえ許さぬような厳《おごそ》かな雰囲気も相俟《あいま》って、近づきたくても、近づけないような空気が漂っている。

だが、それは相手に不快感や拒絶ではなく、一種の感動をもたらすのだから、もはや殿下のみが持っている特殊な能力であるといっても過言ではないだろう。

――皇太子殿下が男児《おのこ》ではなく女児《おなご》であれば、傾国の美女と呼ばれていたに違いない……

ふと、誰かがそう言っていたのを思い出し、私は思わず苦虫を噛み潰したような顔になった。

(間違いなく、内乱の火種になったでしょうね)

威厳纏う殿下の麗しいお姿に感嘆のため息を落としながら、そんな下らぬことをたらたらと考えていると。

「ジョージアナ?」

扉前に立っている私に気づいたらしい殿下が、いつもより幾らか弾んだ声で私の名前を呼んだ。

「来てくれたんだ。すまない、書類を確認していて気づかなかった」

「いえ。私こそ勝手に入ってしまい申し訳ございません」

厳密に言えば入室許可は出ていたが、入室した時には殿下の意識は全て書類に注がれていた。おそらく無意識に許可を出したのだろう。

そんな殿下にお声がけすれば良かったところを、私が殿下の非現実的な美しさに魅入られて突っ立っていただけである。

「気にしないでいいよ、そんなこと。疲れただろう、そこは少し冷えるからこちらにおいで」

喜びを隠さぬ輝かんばかりの笑みに、甘い蜂蜜をたっぷりと垂らしたような声。普段は本物の宝石と遜色ない透明感のある瞳は、熱を帯びて溶けそうだ。

なるほどこれは確かに……と、殿下のお側まで足を運びながら、殿下に恋情を抱いていた子爵令嬢たちに同情を覚える。

殿下の艶やかながらも柔らかい微笑は、耐性のない者には毒も同然なのである。それをこの麗人は一体、どこまで理解していらっしゃるのだろうか。

(どこまでも理解しているのでしょうね)

殿下はそういうお方である。

私はやや呆れつつも、殿下に促されるままソファに腰を下ろし、殿下が紅茶をいれてくださるのを眺める。

全く迷いが見受けられないそれは、毎日練習していると言われても信じそうなほど、流麗で洗練されていた。

天は二物を与えずとは良くいうが、それは嘘であろう。

何事も完璧にこなして見せる殿下を見ながら、しみじみとそんなことを思った。

そんな私を他所に、殿下は苺の花が描かれた湯気立つティーカップを差し出した。

「最近、地方で流行っている紅茶なんだ。見た目も華やかで、香りもいいだろう。ジョージアナもきっと気に入ると思って取り寄せたんだよ」

「……本当。綺麗な色ですね」

鮮やかな唐紅色に、人を惑わすような魅惑的な香り。高価な葡萄《ぶどう》酒を彷彿とさせる紅茶である。

私は湯気の立つ紅茶を火傷しないように嚥下《えんげ》し、目をうっとり細めた。濃厚だが癖がなく、上品な甘さのある味である。

これだけ見た目が良く、牛乳を入れずとも甘いとなれば、帝都で人気を博するのも時間の問題ではないだろうか。

「美味しいかい？」

真剣に飲んでいると、殿下は窺うように問うてきた。

「ええ。とても美味しいですわ」

いれてくださってありがとうございますと、続けて言葉を落とすと、彼はとても嬉しそうに微笑んだ。

皇太子の笑顔でも。私の前で見せるような笑顔でもなく。

年相応の青年らしい、あどけない微笑であった。

「ジョージアナが好きな時に飲めるよう常備させておくよ」

「……殿下」

「なんだい、ジョージアナ」

私はティーカップを殊更丁寧に受け皿《ソーサー》に置く。

かちゃっという小さい金属音が、静謐な世界に取り残された私たちの鼓膜を無遠慮に震えさせた。

「私は殿下と話し合いがしたくて、こちらに参りました」

唐突なその言葉にも殿下は一切動じた様子を見せず、そうかと頷いた。

もしかしたら殿下もそのおつもりだったのかもしれない。そうでなければ、この時間帯にお部屋に呼ばれるわけがないのだ。

「話し合いというよりも、例の女について詳しいことが聞きたいんだよね？」

「ええ。ですが、それだけではございませんわ」

私は視線を紅茶に落としたあと、改めて殿下を見上げた。

「殿下が何故、私ではない女性たちと仲良くしていたのか。私を何故避けていたのか。その理由が知りたいのです」

殿下は私の質問をゆっくり咀嚼《そしゃく》すると、どこか脱力したご様子でソファの背もたれに体重を預け、ぼうっと月を眺められた。

私も釣られて月を見る。

一般的に立待月と呼ばれる、やや満月よりも欠けて見える月は、雲に覆われてしまったのか微かに霞んでいた。幻想的で美しい光景だが、物寂しさが漂っている。

まるで殿下自身が抱えていらっしゃる感情を、月が淡々と物語っているようだ。

「……なんと言えばいいのか。どうしようもなく、情けないことだよ」

数秒ほど、難しいお顔で黙りこくっていた殿下は、掠れた声で口火を切った。

「簡単にいうと、僕は現実逃避したかったんだと思う。ジョージアナではない令嬢であれば誰だって良くて……そんな令嬢とどうでもよい話をすることで、皇太子という地位から、重圧から、現実から束の間解放されたかったんだ」

皇太子という権力にも、真綿にもくるまれていない、剥《む》き出しのランドン様ご自身のお言葉《本音》であった。

私はやはりそうだったのかと、特別驚くこともなく瞼をそっと伏せた。皇太子という地位がどういうものか。本当の意味で理解できるのは、実際にその地位に就いた者だけである。

周囲の者は想像することしかできないのだ。

したがって、その地位で懊悩《おうのう》している者が皇太子の仮面を被るのが上手ければ上手いほど、その苦悩に誰も気づかぬ。

気づかぬようにと張り巡らされた罠に、まんまと嵌まってしまっているのだ。

（無知は罪ね）

嘆くのではなく。

憤るのではなく。

殿下はそんなことをするようなお方だったかと、冷静に考えてみたら良かったのである。

「みっともないと分かっている」

掠れた声に導かれるように、顔を上げる。

殿下は脱力したように座っておられながらも、力が入っているのか、拳をぐぐっと強く握られていた。

「でも、僕が見つけた息がしやすい場所が、そこにしかなかったんだ」

「……何故、そこだけだと思い込んでしまわれたのです？　殿下にとって都合の良い言葉が与えられるからかしら」

少々毒が含まれた刺々しい言葉であった。

だが、これくらいは許してほしい。本来女の嫉妬というものは根深く、じめじめしているものなのである。

「……あながち間違っていないよ」

殿下は言葉を探すように視線を彷徨わせる。

そして、ふうっと深呼吸をし観念したように私を見つめた。

「誰だって良かった、ジョージアナでなければ相手が誰だって気にしてさえいなかった。僕の側にいた令嬢たちは僕にとって都合が良かったんだ」

当時は気づいていなかったけれどと、殿下はなんの感慨《かんがい》もなく言葉を紡がれた。

私はそうだろうと、心の中で呟く。

殿下のお側にいる令嬢は揃いも揃って浅学非才であったが、共通点などそれぐらいであった。

髪の色も。

瞳の色も。

性格も。

なにもかもがばらばらで、まとまりがなく、殿下の好意が反映されているとは思えなかった。来る者は拒まず去る者は追わず、正にその言葉がぴったりな様子であったのだ。

(本当にそういう対象ではなかったのね)

それなら、殿下がどの令嬢とも必要以上に親しい関係にならなかったのも頷けた。元から、令嬢たちと殿下の目的は全然違っていたのである。

「では」

私は冷えた少し冷えた紅茶を飲んだあと、殿下を見上げた。

「どうして、私では駄目だったのでしょう」

「どうしてって……」

「殿下はご自身にとって毒にも薬にもならぬ者とお戯《たわむ》れになることで、傷ついた御心を慰めておいでだったのでしょう」

私の言葉に殿下は微かに眉を寄せた。

「……その言い方だと、誤解を生むよ」

「あら、その通りではなくて」

私は優雅な笑みを浮かべ、殿下を真っ直ぐ見据えた。

「私が殿下を深く愛さなければ、過度な期待を寄せなければ、殿下は私を見てくださったのではありませんこと？」

即ち、殿下にとって私自身も毒だった。そういうことである。

驚いたように目を見開かれた殿下のお顔《間抜け面》は、それでもなお、忌々《いまいま》しいほどにお美しかった。

◆　◆　◆

ジョージアナの質問に動揺したのも束の間、僕は「それはない」と早々に結論を出した。

彼女が僕に懸想《けそう》していようがしていまいが。

過度な期待を寄せていようがいまいが。

僕はジョージアナに弱い部分を見せることは決してしなかっただろうと。

婚約者だったからでも、完璧に拘泥している人だったからでもない。

相手がジョージアナだったからである。

「ジョージアナの側は居心地が良かったよ、とても。ジョージアナの気持ちが誰に向いていようと、その事実は変わらないだろう」

だからと、ジョージアナの美しい顔を見つめながら続ける。

「僕にとって君は毒ではなかったし、今後も毒にはなり得ない」

「……では」

ジョージアナは笑みを消し、細い眉を中央にぐっと寄せた。

「何故、私では駄目だったのです？　どうして……」

本当に理由が解らぬと、困惑したように問うてくるジョージアナに、小さく笑った。己への嘲りがふんだんに含まれた嗤笑《ししょう》であった。

滑稽なことである。

不甲斐ないことである。

だが、隠しきれない、紛《まぎ》れもない事実でもあった。

「僕がジョージアナを好きだったから。出会ったその瞬間からどうしようもなく惹かれていたから。だから、好きな女性に格好悪い《情けない》ところを見せたくはなかったんだよ」

驚愕《きょうがく》に目を見開いたその刹那、ジョージアナはすぐに胡乱気《うろんげ》に眉を顰《ひそ》め、なにを言っているのだとばかり僕をじとりと見つめた。

月の光を集めた翡翠《ひすい》はそれでもなお神秘的に、穢《けが》れなど知らぬとばかりに、絢爛《けんらん》と輝く。

（宝石より余程綺麗だな）

社交界という陰謀と嫉妬の掃き溜め、或いは底なしの泥沼にどっぷりと浸かっていながらも、ここまで高潔で穢《けが》れなき心を保っていられるジョージアナは、稀有な存在ではなかろうか。

公爵がジョージアナを、誰よりも皇后に向いていると言った意味が分かるような気がした。腐った場所にいても腐らない、同じところまで堕ちてきてくれない……そんな他とは違う存在を、多くの者は畏怖し崇めるのだ。

「……まあ、殿下ったら面白いご冗談を仰いますのね。ですが、どちらかと言えば、殿下は私のことを煙たがっていたと記憶しておりますわ」

ジョージアナは老若男女問わず骨抜きにされそうな嬌笑《きょうしょう》を浮かべながら、強い意志を感じさせる凛とした声音で、きっぱりと断言した。

そんな彼女に僕は瞼を伏せて「そうだね」と小さく呟く。

煙たがっていたのは事実である。

だが理由は実に下らない上、単純であった。

恋心に気づく前の僕は、恋特有のそれに翻弄《ほんろう》されていた。したがって、ジョージアナを……というよりは、結局、得体の知れぬ感情に振り回される自分がいやなだけだったのである。

「僕がそんな冗談を言う理由も利点《メリット》もないよ」

「……真の言葉だと仰るのですか？　だとしたら、気づくのが随分と遅くはなくて」

「うん」

声に後悔と己への呆れが滲み、微かに掠れる。

「君に魅入られているという事実に気づくのがあまりに遅すぎたせいで、君に酷いことを沢山した。救いがたい、あまりにも非道なことだ」

だが、本能的には感じ取っていたのか。

ジョージアナに完璧な皇太子らしからぬ部分を見せるのを極端に厭うた。ジョージアナの前では常に完全無欠の皇太子でいたかったのである。

己の恋心にさえ気づけない愚か者のくせに。

愛する人を平然と傷つける陋劣《ろうれつ》な男のくせに。

なんと浅ましいことだろうか。一丁前に、己の矜持《きょうじ》に傷を付けるようなことは許せなかったのである。

「莫迦《ばか》だろう」

僕は誰に言うともなく、そうもらした。

「類は友を呼ぶと言う。僕がああいう令嬢たちを側に置いていたのも、単純に都合が良いというだけではなく、きっとそういう意味で通ずる部分があったからかもしれない」

ジョージアナの口から乾いた空気がはっともれた。

月光に照らされた彼女の花顔《かがん》に軽蔑や嘲りが浮かぶのを、その瞳に詰《なじ》られるのをおそれ、僕は目線を彼女から逸らす。

頭の部分が欠けた月が、煩《わずら》わしいほどに眩《まぶ》しく感じられた。

◆　◆　◆

私は項垂れるようにして座っている殿下を見つめながら、ふうっとため息を吐いた。殿下はすっかり自己嫌悪に陥っているようだ。

(どうしたものか)

ここで皇太子妃らしい対応を、ということならば、許す、許さない以前の問題となる。

簡単にいえば、殿下が背負っている罪を罪とは認めないということだ。身勝手だろうとも、残酷であろうとも、私の夫はそういうお方であると許して差し上げるのである。

古い教えに従うとも言える。

一方、一人の女《ジョージアナ》として対応するのならば……。なんの迷いもなく、殿下は莫迦《ばか》であると私は申し上げるだろう。

さらに可能ならば、己の感情に気づくのに一体何年かかっているのだと、そのような理由で軽率に女性を侍らすなんて無責任であると、文句を述べたいところである。

(あれもこれも申し上げたいことが沢山あるわ……)

恋心は消えても、貯め込んできた鬱積《うっせき》までは消えぬ。

それが人間というものである。

しかし、殿下の育ってきた環境が環境なだけに一方的に責めることは憚《はばか》られた。

憩いの場がたとえ目の前に用意されていても、殿下はそこで安心して呼吸《いき》をすることは叶わなかったに違いない。

孤高と孤独を履き違える人は多いというが、殿下の場合はもはやそういう問題ではなかったのであろう。

(それにしても)

出会ったその日から、殿下が私に想いを寄せていただなんて、一体誰が想像できただろうか。

(別に青天の霹靂《へきれき》というわけではないけれど)

というのも、お父様を経由して渡された恋文《ラブレター》といっても差し支えのない手紙にも、そのようなことが綴られていたからである。

だが、それほど長い期間だったとは夢にも思わなかった。

私はすっかり冷えた紅茶を飲み干したあと、空っぽになったティーカップの底を見つめた。

可憐な苺の花が描かれているティーカップの底には、赤い苺が二粒並べて描かれている。随分と愛らしい絵であった。

「殿下が仰ったああいう令嬢たちと殿下が、同じ類の人間であるか否かを決めるのは、これからだと思いますの」

「……これから？」

私の声に釣られるより顔を上げた殿下の声は掠れており、やや震えている。

光が失われた深紅の瞳は輝かしい美々しさが失せ、それを補うためか、艶やかさと禍々《まがまが》しさが増していた。

「殿下は英邁《えいまい》で素晴らしいお方です。誰もそれを否定することはできませんわ。陛下が新たな皇妃を娶《めと》らないのが、紛《まぎ》れもない証拠ではありませんこと」

陛下は合理的な御仁である。

いくら亡き皇后を深く深く愛してはおられても、次期皇帝となる皇子が無能であれば、新しい皇妃を適当に娶《めと》り新たに皇子を産ませるだろう。

無能な人間が世を統治して成功した試しがない。

狡猾《こうかつ》な臣下の傀儡《餌食》となるのがおちである。

だが、皇后の冠はいまだに飾られたままであり、後宮制度廃止にも陛下は積極的に手助けをなさったと聞いた。

要はそういうことである。

「簡単なお話ですわ。間違いは学習すれば良い。誰だって過ちは犯すものです、大切なのは二度と同じ道を通らぬようにすることですのよ」

実に考えたくはないことではあるがと思いつつ、それでもと続きを紡ぐ。

「同じ道を歩んでしまった時に、先程の言葉《セリフ》を仰ってくださいませ」

「同じ道を歩むなんて、有り得ない」

殿下は握り拳を作り、御心に渦巻いているであろう憤りや悔しさを捻り潰すかの如く、ぐぐっと力を込められた。

「僕は君にそんな優しい言葉をかけてもらっても良い人ではないよ。今までのように切り捨てられても、僕にはなにかを言う資格はない。自業自得だ」

前髪をくしゃりと乱し、喘《あえ》ぐように、どこか自虐的に苦痛が滲んだ声音でそう仰る殿下。

「そうかしら」

私は目線を再びティーカップの底に描かれた、二粒の苺に戻した。大きさがやや違うそれらは、互いを支え合うように仲睦まじく寄り添っていた。

「殿下は過《あやま》ちのまま、ことを進めることもできたはずです。私に愛を謳《うた》いつつも、見目麗しい令嬢を後宮にいれて、皇太子として皇太子妃である私を尊重することが、できたはず」

ですが、そうなさらなかったと、私が低く囁くように申し上げれば、殿下は「それはそうだよ」と焦ったような口調で仰った。

「ジョージアナへの愛に気づいても、僕がまだ他の令嬢を側に置くと思っていたのか。こんなにも愛しているのに、他の女を己の妻として受け入れると」

「……それが皇室の本来の姿ですから」

私はなんの感慨《かんがい》もなく言い切った。

一人の女性を盲目に愛し続ける皇帝が変わり者なだけであり、普通の皇族の殿方ならば、己の後宮を百花の花弁が舞う後宮にしたいと願うものである。

過去には、百人以上の妃を娶《めと》り、酒池肉林の宴に興じる皇帝だっていたぐらいだ。

殿下が十人や二十人の令嬢を後宮に迎えようが、誰もなにも非難はしないだろう。むしろ、諸手を挙げて喜ぶ者のほうが多いのではないだろうか。

「しかし、殿下は己の非を認め、私に謝罪を繰り返し、私のために様々なことをしてくださった。私を利用価値のある公女《マリオネット》ではなく、一人の女性として尊重してくださいました」

ゆっくりと顔を上げ、闇が広がり光が戻らぬ殿下の瞳を見つめながら、私は柔和に微笑んだ。

「私はそれが嬉しかったのですよ、殿下」

——ですからただのジョージアナとして申し上げたのです。間違いを学習し、二度と私を失望させないでください、と。

◇◇◇

——お茶会の日以降、私と殿下の関係が劇的に良くなかったのかと言われたら、そうでもなかった。

だが、殿下は相変わらず私に尽くし、皇太子妃としてもランドン様の妻としても丁重に扱ってくださる。

愛の言葉を謳《うた》い。

私のご機嫌をうかがう。

報告、連絡、相談《ホウレンソウ》を怠ることや、私に大きな秘密を抱えることはなくなり。

世の女性ならば誰もが羨望し、こうあってほしいと思うだろう完璧な夫となった。

なのに、対等な関係になったかと問われたら、理由ははっきりとは言えないが……頷くことができない。

傍目から見たら、これ以上ないほど私は大切にされ、殿下にとって良き配偶者《パートナー》であるかのように見えるだろう。

何故、違和感とも言える得体の知れぬ感情を抱くのだろうか。

(まあ、そもそもがおこがましいことだもの)

妃が皇太子と対等な関係であることを望んでいると、古き良き考えに忠実な教育係が知れば、卒倒ものだろう。

だが、きっとそこまでして望むのは。

残酷で身勝手な殿下を見捨てきれない——愛は潰えたはずなのに、それでも大事だと心が叫ぶ——そんな、どこまでも意地悪な人《愛した人》を冷酷に切り捨てることができない己の、なけなしの矜持《きょうじ》なのかもしれない。

(あれから、二か月か)

髪を一つにして机の上に置かれていた紐で後ろに束ねながら、月日というのは経つのが早いとしみじみと思った。

季節は春の香りを残す初夏から、蒸し暑い本格的な夏へと変わった。

(突然の豪雨に、干ばつ問題)

冬も冬で大変であるが、夏は夏で大変である。

私は書類に印を押しながら、はあっとため息をつく。

陛下は勿論、私たち夫婦に休みなんてものは全くない。毎日毎日、執務室で書類と睨み合い、時には皇宮に足を運び陛下同席の会議に顔を出す。

(仕事は嫌いではないけれど、偶にはゆっくり寝たいものね)

そう思いながら、欠伸を一つ零した。

とはいえ、一口に仕事とはいっても書類作業のように黙々とやれば終わるものと、そうではないものがある。

逃亡犯アビゲイルの問題は、後者であるといえよう。

殿下曰く、皇太子の息がかかった騎士たちが暗々裏《あんあんり》に捜索を行い、皇室の影が情報取集に尽力してはいるものの、彼女を捕まえるまでには至っていないそうだ。

騎士たちが無能なのか、アビゲイル様が有能なのか。

どちらにせよ好ましくはない状況である。

彼女の目的が生き延びることであって、私たちを害することでなければ、尚更、見つけることは難しいだろう。

(せめて、アビゲイル様の脱獄を手伝った人が生きていれば……)

そうは思うも、故人にことの詳細を聞く手立てはないのだから、考えても仕方がない。

脱獄を手伝い、口封じのためかアビゲイル様に殺された看守は三十代半ばの女性で、病で赤子を亡くしていたらしい。

死んだ赤子が生きていれば、アビゲイル様と同じか幾らか下の年齢だったようである。

脱獄を手伝った理由は、十中八九、それであろう。

(誰も思いませんよ、殿下)

まさか、女看守が死刑囚をそんな理由で逃がすなんて。

男を手玉に取ることに長けている女の毒牙に、毒花に慣れていない看守が噛まれぬようにと、わざわざ女看守に監視させるよう命じたのは殿下である。

また、アビゲイル様の話には耳を貸さないようにとも、厳しく言っていたらしい。口煩《くちうるさ》く騒ぐようであれば、多少の乱暴も許可を出していたと。

なのに、逃げられてしまった。

逃がしてしまった。

「迂闊だったよ。あんな手段を取られるとは思ってもみなかった」

と、殿下がため息をついていらしたのは、記憶に新しい。

私は書類に印を押したあと、呼び鈴を鳴らし、珈琲《コーヒー》プリンを食べながら休憩を取ることにした。

全ての物事が片付くまでの道のりは、まだまだ遠いようだ。

◇◇◇

あれから月日はゆったりと流れ、肌を焼くような日差しの蒸し暑い夏から、虫の鳴き声が響く紅葉が美しい秋へと、季節が移ろいだ。

その間、特に目立ったことが起きず、私たち夫婦は各々の公務に勤しんでいた。

皇族の仕事は多岐に渡る。金貨の流れの管理や奉仕活動《ボランティア》、国外の外交官の接待に国営施設等の視察、お茶会や定期的に開かれる報告会議への参加など、挙げたらきりがない。

舞踏会もまた、立派な公務の一つである。

今宵、私たち夫婦が招かれたのは、とある侯爵家で開かれる舞踏会である。

金殿玉楼《きんでんぎょくろう》の屋敷なだけあり、会場となった大広間は目がちかちかするほど豪奢《ごうしゃ》で煌びやかであった。

大広間の南側には縦に長い机に料理が隙間なく並べられ、北側で音楽団が優艶《ゆうえん》で壮大な音楽を奏でている。艶やかな輝きを放つ豪華絢爛《けんらん》なシャンデリアの真下では、紳士淑女が音楽に合わせて優雅に踊り、露台《テラス》に繋がる硝子製の扉からは秋月の光が淡く差し込んでいた。

華やかだが無駄のない会場は、侯爵夫人の人柄を如実に表していると言えよう。

挨拶にくる貴族たちを殿下と共に適当にあしらっていると、見覚えのある令嬢たちの姿が見えた。

親友であるクレア様とミランダ様であった。

私は顔を綻ばせ、反対に殿下はなんとも言い難い顔で令嬢たちを見る。

彼女たちの殿下を汚物でも見るような目は健在なのか、揃いも揃って殿下への態度はなかなか失礼であった。殿下は苦虫を噛み潰したような顔で彼女たちを見ていたが、なにも仰らなかった。

私を思っての行動だと、理解しているからであろう。

「お会いしたかったですわ、ジョージアナ様。会えない間、すごく寂しかったです」

杏子色の衣装に身を包んだクレア様は私の両手を取ると、感極まったようにそんなことを言った。

可愛い子である。

「先週も先々週も同じようなことを仰っておりましたよ、クレア様」

やや呆れたようにそう指摘するのは、ミランダ様である。首元には琥珀《アンバー》が付いた銀色の首飾りが輝いており、赤毛によく似合っていた。

「私も二人に会いたかったわ」

そう言って柔らかく微笑めば、クレア様は顔をぱあっと輝かせ、ミランダ様は「わたくしもです」と照れたように笑んだ。

◆　◆　◆

友人と三人で談笑したいというジョージアナの要望を叶えるため、僕は彼女たちから少し離れた窓際で果実水を飲みながら、暇を潰していた。

(ジョージアナの親友なだけある)

僕は先程の令嬢たちの目を思い出しながら、猛者《もさ》だなと思った。

生まれてこの方、他人に救い難く残念な物体でも見るかのような目で見られたことはない。エドワードは時折、干からびた蛞蝓《ナメクジ》でも見るような目で見てくるが……あれは例外であろう。

(良い友人を持っているよね、ジョージアナは)

二人からは僕への敵意や軽蔑はよく伝わってくるが、色のついた感情は全く見えない。本気でジョージアナを大切に思っているのだろう。

それが僕にとっても心地の良いものであった。そんなことを考えながら、いやに甘ったるい水を飲んでいると。

皇太子が一人で壁に寄りかかってぼうっとしているのを見て、話しかける絶好の機会《チャンス》だとでも思ったのか。

浅はかな下心や愚かな欲望を隠そうともせず、貴族が小蠅《こばえ》の如く、僕に近づいてきては、腹の内を探るような簡単だが面倒な挨拶をしてきた。

彼らの如何にも貴族らしい企みが見え、辟易《へきえき》としつつも「優しい皇太子」の仮面を被り対応する。

こういったことは好きではないが、有益な情報を引き出せることがあるのも事実。早めに不穏の芽を摘んでおくという意味でも、大事なものであった。

質の良い酒が振る舞われ、綺羅《きら》を飾った貴婦人たちと踊り、黄金色に輝く光に包まれる中、気分が良くなった貴族たちはぺらぺらとよく喋る。

(わざわざ自ら、情報をもらしているだけだと解っているのだろうか)

絶対解っていないだろうな……そう思いつつも、僕にとっては好都合なので、適当に話に付き合っていると。

(……男？)

ジョージアナと彼女の友人たちに、二人の男が近づきなにやら親し気に話しているのが見えた。

男たちはジョージアナに恭《うやうや》しく頭を下げると、彼女が差し出した手の甲に唇を落とす。

長身の男はミジュエット侯爵令嬢の兄であり、もう一人の男はアーガスト伯爵令嬢の婚約者のようであった。

(彼らとは親しいのか……)

僕はいつもよりもきらきらしい笑顔で応対するジョージアナを見ながら、腹の中でどろりとしたものがぐつぐつ煮えていく感覚を覚えた。

御することのできないなにかが、胸の中を引っ掻くように暴れる。小汚い感情が体中を這いずり回り、心臓そのものを捏ね繰り回されているような強烈な不快感を覚えた。

(まさか、嫉妬しているのか？)

ジョージアナが他の男と少しばかり親しくしたぐらいで……？

僕は目の前に広がる光景を呆然と眺めながら、必死に自分の感情を誤魔化そうとする。そんなはずはない、そこまで僕は心が狭くないはずだ、と。

しかし、ジョージアナが柔和な笑みを浮かべ、親し気に会話を交わしているのを見るだけで、筆舌《ひつぜつ》に尽くしがたい激情に、頭がどうにかなりそうだった。

焦燥と嫉妬、羨望が一つの塊のように融合し、僕の胸を焼き尽くさんばかりに燃えている。

(こんなのただの醜い嫉妬だ……)

――ジョージアナの心に、僕以外の男が入り込んでも不思議ではない……

それに、二年以上も彼女の気持ちや尊厳を踏み躙《にじ》ってきた僕には、嫉妬心を露わにする資格も、彼女を独占する資格もないのだ。

僕にできるのは、ジョージアナにこれ以上失望されないように、取り返しがつかないほどで嫌われないように、彼女にとって害のない人間として、誠意を示していくことぐらいである。

（普通の夫のように振る舞ってはいけない）

激しい嫉妬心を抑えつけながら、地獄の炎にじっくりと炙《あぶ》られるような、魂が引き裂かれるような苦痛に耐えていた。

――そう、ちゃんと耐えていたのに……

ジョージアナが僕の隣に戻ってきた途端、なにかが弾けてしまった。

「僕は嫉妬でおかしくなりそうだった」

「……え？」

気が付いた時には、獣のような醜い声でそう零していた。

身勝手に溢れた感情を非難するかの如く、池を自由に泳ぐ魚が小さな音を立てて跳ねる。

なにを言われたのか理解できない……。そんな表情で戸惑ったように僕を見るジョージアナに、僕は禁忌を犯してしまったような感覚に陥り、ただただ絶望するしかなかった。

殿下の唸るように吐き出されたお言葉を漸《ようや》く理解した私は、俄《にわ》かに信じられぬ気持ちで目を見開いた。

(……嫉妬？　殿下が？)

殿下も嫉妬という感情をご存知だったのか……。そんな、吃驚《きっきょう》と、どこに嫉妬する要素があったというのだろうかという、純粋な疑問を抱く。それらが整理整頓されていたはずの私の頭をぐちゃぐちゃにかき乱していった。

◆　◆　◆

——太陽が艶めかしい赤を放ちゆったりと沈みはじめた中、殿下に庭園を散歩しないかと言われたのは、つい十分ほど前のことである。

私たちは、本格的に来る厳しい冬に向けての準備に忙殺《ぼうさつ》されていた。そのため、二人きりでお話するのは、三日前に侯爵家で行われた舞踏会以来である。軽い運動と息抜きも兼ねて、庭を散歩しないか……そんな殿下の提案に、私は頷いた。

秋の香りを醸《かも》す庭園は美しく、どこか儚い。

冷たい風に落ち葉が自由に空を舞い、遠くでは鳥の囀《さえず》りが美々しく響いた。日暮れを喜ぶかの如く、虫が競うように歌い始め、落陽に彩られた得もいわれぬほど美しい池に住まう魚が、ぴょんと跳ね綺麗な波紋を残す。団栗《どんぐり》や落ち葉などで覆われた地面は、冬の訪れを感じさせる。

手を入れずに、敢えてそのまま放っておく。庭師の美しい自然を尊重するような考えが垣間見える庭園は、これ以上ないほど優雅に見えた。

そのような中、舞踏会での出来事を切り出してきたのは殿下である。

「なにやら楽しそうに五人で話していたね」

そう訊かれて、殿下にしては棘のあるお言葉だとは思ったが、疲労ゆえだろうと大して気にしなかった。

はっとしたように自身の口を片手で抑え、心底後悔しているような沈痛な面持ちで「すぎたことを言った」と謝られる殿下を見ながら、どこに嫉妬する理由があったのかと、他人事のように思った。

「……なにに、嫉妬なさったのですか」

「なにに って…」

紅鏡《こうきょう》に照らされた殿下の麗しいお顔は、くしゃりと歪められている。

暫《しば》し言葉を探すように沈黙なさったあと、観念したように殿下は瞼をそっと伏せた。

「……ミジュエット侯爵子息と楽しそうに話していただろう。その時、君がすごく楽しそうにしていたのを見て、もしかしたら彼に恋をしているのではないかって……そう思ったんだ」

視線を逸らし、拳を握りながらそう仰る殿下。

彼がその時に感じたであろう感情が滲み出た声色であり、聞く者の同情を誘うような雰囲気さえあった。

（……ああ、殿下は気づいていらっしゃるのね）

――私が殿下にもう二度と同じような恋情を抱くことはないと……

だからこそ、より不安になったのかもしれない。私が他の殿方に心を奪われぬ保証はどこにもないからだ。

心とはままならぬものである。

しかし、今回については誤解だ。

親友のお兄様である侯爵子息を私が無下に扱えるわけがない。毒にも薬にもならぬ人間だとは思っているが、彼に対してこれといった興味など抱いていない。

逆もまた、然りである。

加えて、殿下の歯の浮くような愛のお言葉や、殿下のおそろしいほど端麗に整った美貌に慣れているのだ。

おいそれと侯爵子息に恋愛感情やそれに準ずる感情を抱けるわけがない。

「……殿下、よく考えてみてくださいませ。殿下という立派な夫がいるのに、私が他の殿方に目を奪われるわけがありません」

私は努めて冷静な声で続けた。

「彼はクレア様のお兄様だから、友好的に話しただけにすぎませんわ」

「……そう、なの？」

まるで幽霊でも見たかの如く、目を丸くする殿下。私が本気で彼を好ましいと思っていたと、勘違いなさっていたのだろう。

そんなわけがない、信じてほしいと、訴えるのではなく。ただ目の前にある事実を突き付けるように、私は厳《おごそ》かな声で「そうです」と頷いた。

夕日が放つ幻想的な赤に照らされた深紅の瞳は、色香とその下で蠢《うごめ》く禍々《まがまが》しいなにかを孕み、これ以上ないほど艶めかしく光っている。

「僕の勘違い……ってこと？」

呆然自失とした様子で落とされたそのお言葉に、私は間髪入れずに頷いた。

その瞬間、殿下は全身の力が抜けたように近くにあった木に体重を預け、勘違いしてしまったことを恥じ入るように、大きなため息をついた。

「良かった」と、消え入りそうな、低くも糸のように細い声で囁かれたあと。

殿下は私の片手を優しく握り仰った。

「ごめん、ジョージアナ、僕はてっきり……動揺して、冷静な判断ができなかったみたいだ。失礼なことを言った。君を侮辱《ぶじょく》するつもりはなかったんだ、本当にすまない」

すぐに己の非を認め、謝罪できるのは殿下の美点である。

とはいえ、この三日間、ずっと私が侯爵子息に淡い恋心を抱いていると勘違なさっていたのかと思うと、とても穏やかではいられないが。

私は殿下のお手をそっと取り、お互いの体温や感情を分け与えるように繋いだ。所謂《いわゆる》、恋人繋ぎである。殿下は少し驚きつつも、応えるように私の手を握り返してくださった。

緊張や恐怖からか、氷のように冷たくなった男らしい殿下の手を握りながら、そっと歌うように言葉を紡いだ。

「殿下は私に気を使いすぎです。なにか不安や不満があれば、溜め込まないで教えてください。三日間もそんなことを勘違いなさっていたなんて、莫迦《ばか》みたいではありませんか」

非難するような、それでいて諭すような声で申し上げると、殿下はなんとも言えぬ表情で、「でも」と言葉を落とす。

「至極くだらないことで嫉妬したと言われたら、いやな気分になるだろう。僕は君の気分を害したいわけではないんだ」

「……ですが、夫婦とはそういうものなのではないでしょうか？」

私は少し考えるように一拍置き、続けて申し上げた。

「私は殿下の妻であって、仕えるべき主人ではありませんわ。親しき中にも礼儀ありですが、無意味な遠慮をなさる必要はないかと思います」

「……遠慮なんてしていないよ」

「私の機嫌を取ろうと、いつも頑張っているではありませんか」

風がさあっと吹き、私の長い髪を徒に弄《もてあそ》ぶ。

殿下は蒼褪《あおざ》めた顔で私を見つめていた。

「私は殿下の妻であり、この国の妃です。何度も申し上げておりますが……なにがあっても、私は殿下の味方です」

ですからと、私は繋いだ手に力を込める。

「私の機嫌をうかがったり、私に対する不安や不満を溜め込む必要はありません。いやならいやと、そう教えてください。一人で悩まないで」

「……それを言える立場ではないよ」

「まあ、何故ですか」

眉を顰《ひそ》めながら、静かに訊いた。

「私たちは夫婦ではありませんか」

「……君の言う通り、夫婦だけれど。僕は自分の立場を弁えているだけだよ」

殿下は狼狽したような、それでいて少し泣き出しそうな表情で仰ったあと、「それに」と続ける。

「君に嫌われたくない。これ以上、軽蔑されたり幻滅されたくないんだ」

こちらが殿下の本心なのだろう。

苦々し気に放たれた言葉は、恐怖や怯えといった負の感情に包まれていた。

不器用で、歪で、なにもかもが中途半端な私たちを憐れむように、二羽の鳥が寄り添うように空を飛んでいった。

「……余程のことがない限り、殿下を軽蔑したり幻滅したりしませんわ」

優しく、安心させるように、言葉を編んでいく。

私たちは、かつての私が思い描いた夫婦にはなれないだろう。

殿下への愛情は、敬愛や親愛、家族愛といった愛であって、恋情ではないからだ。

だが、夫婦の形にこれという決まりなんてない。千差万別である。

理想と現実は違えど、お互いが幸せだと感じることができたら、それが一番なのではないだろうか。

「どれだけ失望しても、どれだけ呆れても、それでも私は殿下を大切に思うはずです。私たちは夫婦ですもの」

「……夫婦ってそういうものだったか？」

「そういうものです」

自信満々にそう言い切ると、殿下は笑っていいのか、困っていいのか、よく分からないと顔を歪めた。

ですからと、私は殿下の微かに潤み様々な感情が波打っている目を見つめながら微笑んだ。

「殿下らしく振る舞ってください、それだけで良いのです」

「……あれだけやらかしたのに？　僕は君の夫として振る舞っていいと？」

有り得ないと問うてくる殿下に、私は苦笑をもらした。

「当然です、殿下は私の夫ではありませんか」

なのでと、私は殿下と繋いでいた手に力をぐっと込めて、諫めるような口調で申し上げた。私の不貞を二度と疑わないでください、と。

その言葉に、殿下は不意を突かれたように目を見開くと、次の瞬間、喜悦《きえつ》と安堵に満ちた表情で何度も頷いた。

(不思議なこともあるものね)

殿下に「愛さない」と宣言した時は、こうして庭園を散歩することなんて想像もしていなかった。

殿下が成すことに私は従うだけで、こうして厚かましくもなにかを提案したり、夫婦としての関係を築いていこうと、言葉を尽くし努力をするなんて、絶対にしなかったはずである。

(殿下が諦めないで、付いてきてくださったから)

――だからこうして、過去を振り返りつつも前に進もうと思えるのであろう。

そんなことを考えていた時であった、和やかな雰囲気を壊すように、叫ぶような声が庭園に響いたのは。

「殿下！　こちらにいらしたのですか！」

何事かと思ったが、声の主が殿下の側近であるエドワード様だと分かると、彼が大声を上げるなんて珍しいこともあるものだと、一驚《いっきょう》した。

「……エドワード？　そんなに急いでどうしたんだ？」

己の側近のただならぬ様子に、殿下は先程の表情を巧みに覆い隠し、凛とした威厳ある声で問うた。

エドワード様は私たちに軽く頭を下げると、整っていない呼吸のまま喘《あえ》ぐように衝撃的なことを言い放つ。

「大罪人アビゲイルがつい先程、捕まりました」

まだ息が整っていないエドワード様に詳しい説明を求める殿下を見ながら、私は驚愕《きょうがく》のあまり石のように固まった。

（嘘でしょう…？）

脱獄して以降、かなりの月日が経ち、皇太子の影や騎士団でさえ行方が掴めず、既に死んでいるだろうと思われていたアビゲイル様。

ラリー元侯爵夫人としての彼女を死亡扱いにしたことで、皇族を害するような権力を持つことは不可能と判断し、帝国としても一心不乱に探すことはしなかったのである。

エドワード様がどういった経緯で捕まえたかなどの簡単な説明をしている時、空を舞う紅葉に導かれるようにふと秋天を見上げた。

大空の端を威風堂々《いふうどうどう》とした態度で陣取る太陽は、いつの間にか半分ほど沈んでいた。

闇を纏い濃くなっていく空の色は、殿下の瞳の色を溶かして無造作に垂らしたような、そんな凄艶《せいえん》な赤色で彩られている。

漸《ようや》く前に進み始めた私たちを、まるで祝福しているようにも見える空模様であった。

可愛い義妹が
婚約破棄されたらしいので、
今から「御礼」に参ります。
1
RC Regina COMICS
原作 春先あみ
漫画 桜井しおり
最強夫婦の
痛快ざまぁファンタジー！
賢く美しく、勇敢なローゼリア。幼馴染みの婚約者・ロベルトとの結婚式を迎え、彼女は幸せの絶頂にいた——ある知らせが届くまでは。なんと、ロベルトの妹・マーガレットがボロボロの姿で屋敷に帰ってきたのだ！ 聞けば、王太子に無実の罪で婚約破棄され、ひどい暴行まで受けたという。彼女を溺愛しているローゼリアは、マーガレットを理不尽な目に遭わせた王太子に真っ向から報復することにして——？
「殴ったのなら、殴られても文句はないですわね？」
絢爛豪華な復讐劇、ここに開幕!!
さあ"お馬鹿様"ざまぁのお時間です
大好評発売中！
ISBN978-4-434-31936-5
B6判 定価:748円（10%税込）
アルファポリスWebサイトにて好評連載中！
アルファポリス 漫画
検索

この作品に対する皆様のご意見・ご感想をお待ちしております。

おハガキ・お手紙は以下の宛先にお送りください。

【宛先】

〒150-6008 東京都渋谷区恵比寿4-20-3 恵比寿ｶﾞｰﾃﾞﾝﾌﾟﾚｲｽﾀﾜｰ 8F
（株）アルファポリス　書籍感想係

メールフォームでのご意見・ご感想は右のＱＲコードから、
あるいは以下のワードで検索をかけてください。

アルファポリス　書籍の感想　検索

ご感想はこちらから

本書は、「アルファポリス」（https://www.alphapolis.co.jp/）に掲載されていたものを、改稿、加筆のうえ、書籍化したものです。

婚約者《こんやくしゃ》を想《おも》うのをやめました

かぐや

2023年 5月 5日初版発行

編集ー加藤美侑・森 順子
編集長ー倉持真理
発行者ー梶本雄介
発行所ー株式会社アルファポリス
〒150-6008 東京都渋谷区恵比寿4-20-3 恵比寿ｶﾞｰﾃﾞﾝﾌﾟﾚｲｽﾀﾜｰ8F
TEL 03-6277-1601（営業） 03-6277-1602（編集）
URL https://www.alphapolis.co.jp/
発売元ー株式会社星雲社（共同出版社・流通責任出版社）
〒112-0005 東京都文京区水道1-3-30
TEL 03-3868-3275
装丁・本文イラストー春野薫久
装丁デザインーAFTERGLOW
（レーベルフォーマットデザインーansyyqdesign）
印刷ー中央精版印刷株式会社

価格はカバーに表示されてあります。

落丁乱丁の場合はアルファポリスまでご連絡ください。

送料は小社負担でお取り替えします。


ISBN978-4-434-31940-2 C0093